Einaudi. Stile Libero Big

www.einaudi.it

ISBN 978-88-06-21774-7

Fabio Geda

Se la vita che salvi è la tua

Einaudi

Se la vita che salvi è la tua

1.

Cosí, alla fine, rientra di nuovo dall'aeroporto, cammina fino a non sentire piú né i piedi né le gambe, estrae dalla tasca il cellulare che diffonde *Summertime* nell'aria sonnolenta di Central Park – sullo schermo la foto di Agnese che spia da sopra un paio di occhiali da sole – e lo getta in uno dei laghetti facendo disegnare un arco alla voce ruvida di Billie Holiday, un arco tra gli alberi, sotto lo sguardo d'un falco; la voce si spegne con un tonfo nell'acqua dolce a pochi metri dalla riva, affondando e rilasciando per alcuni istanti – istanti che ad Andrea sembrano lunghi in modo innaturale, tanto da fargli credere che sia il lago stesso a cantare – l'ultimo *summertime and the livin' is easy, fish are jumpin' and the cotton is high.*

Era stata la stessa melodia, una mattina primaverile di cinque mesi prima, nella sua città, in Italia, a farlo correre a perdifiato.

Quella mattina, vedendolo, uno studente universitario steso sull'erba sollevò il collo dal libro di chimica con un movimento da tartaruga, sfilando le dita dai riccioli della ragazza al suo fianco; un bambino con le stringhe slacciate smise d'inseguire la palla; un gruppo di turisti, in piedi accanto alle biciclette appena affittate, alzò gli occhi dalla mappa del parco. Tutti seguirono la traiettoria scomposta di quell'uomo calligrafico che vestito come uno qualunque, uno dei tanti che si vedono la mattina, lí, tra gli ippocastani, in scarpe leggere, pantaloncini e felpa grigia, stava correndo – o almeno cosí sembrava – come per salvarsi la vita. Poco piú avanti due donne chiacchieravano spingendo un passeggino; ridevano distratte e non lo videro arrivare. Per evitarle Andrea si fece lama slittando tra loro e il muro del giardino botanico contro cui si grattugiò il dorso della mano. La piú alta, senza foulard, lasciò cadere la bottiglia d'acqua da cui stava per bere e portò le dita alla bocca per soffocare lo spavento; la seconda si piegò felina sul figlio per proteggerlo. Un anziano cinese interruppe gli esercizi di respirazione e, le braccia tese in avanti, ruotò il capo con flemma lunare – piú tardi, a casa, avrebbe visto un documentario sulle maree e convinto la moglie a distruggere la foto del figlio.

Andrea disseminò di scricchiolii i due chilometri che lo separavano dal reparto di ginecologia. Da un luogo remoto emerse il ricordo di quando, a otto o nove anni, era caduto da un albero spezzandosi l'omero: il ramo su cui si era arrampicato non era forte a sufficienza per sostenerlo e rapito dall'osservazione di un nibbio non aveva fatto caso al crepitare del legno.

All'altezza del ponte abbandonò la sicurezza del parco per gettarsi in strada. Le auto inchiodarono per non travolgerlo, ma lui dovette lo stesso appoggiare la mano al cofano di un taxi. Balzò sul marciapiede e proseguí la corsa tra gli edifici.

Donne e uomini entravano e uscivano dai negozi, salivano e scendevano dalle macchine, rispondevano al telefono. I cassonetti della raccolta differenziata venivano svuotati, le biciclette rubate, le pagnotte estratte dai forni.

L'ospedale emerse oltre una serie di case basse. La porta scorrevole si spalancò permettendo ad Andrea di non rallentare. Scivolò sul marmo e mantenne l'equilibrio remando con le braccia; imboccò il corridoio seguendo la linea celeste disegnata a terra che conduceva al reparto. Faceva caldo, un caldo incomprensibile. Ma non fu quello a colpirlo e neppure gli sguardi curiosi della gente. Quello che davvero lo stupí fu che le voci dei medici e dei pazienti, le ruote delle sedie a rotelle, lo scalpicciare dei tacchi, lo sbattere delle porte, lo scricchiolio delle tubature, cosí come quello, fuori e dentro di lui, del ramo su cui si era seduto da bambino e dell'omero che si era spezzato, d'un tratto, tacquero.

E quando se ne accorse le suole persero il pavimento.

È il marito di nostra figlia, dissero due voci.

2.

Da qualche parte dev'essere scoppiato un incendio, pensò Agnese. Due autopompe avevano attraversato l'incrocio a sirene spiegate, le aveva viste guizzare senza muoversi dal letto, riflesse nelle finestre aperte. Un giorno da finestre aperte, questo, disse tra sé e sé con un filo di voce; poi scivolò sulla portata di un incendio, sul significato della parola, sul calore sviluppato; scacciò il ricordo di un volto ustionato visto in televisione e dalla memoria emerse quello di una gita sulla neve – indossava un cappello a forma di coniglio che non era suo – e si vide osservare la pista da sci dalla terrazza di un ristorante, le tute colorate, l'odore di crema solare; dopodiché tornò a concentrarsi sul riflesso dei vetri.

Un giorno da finestre aperte, questo, disse ancora.

In quel momento apparve la dottoressa; dietro di lei c'era Andrea. Si fece da parte per farlo passare e dopo essere rimasta un istante di troppo sulla soglia, come per fare le presentazioni, disse: Se vi servo mi trovate in fondo al corridoio.

Era una stanza con due letti ma l'unico occupato era il suo; alle pareti vecchie stampe della città – niente poster con bambini dentro gusci di noce. Andrea si mosse impacciato, prese uno sgabello e si sedette, sfiorandole il piede da sopra le coperte.

Dove cazzo eri?

A correre.

A correre, certo.

Non potevo prevederlo.

No, disse lei, non potevi. Non potevi tu, non potevo io ed è questo che – e scosse la testa come per annullare le lacrime che avevano cominciato a scendere – è questo che non mi dà pace. E cosí non faccio che saltare da un pensiero ridicolo a un altro perché se smetto di pensare e mi fermo comincio ad analizzare quello che ho fatto oggi, e te lo giuro, non ho fatto niente di strano oggi, non ho sollevato pesi, non sono andata in bicicletta, ero uscita per comprare il tè, va bene?, il tè, e allora passo ad analizzare quello che ho fatto ieri, ma anche ieri non ho fatto nulla di sbagliato, cosí passo al giorno precedente e al precedente e quello prima ancora, senza trovare nulla, un indizio, una traccia. Le mancò il respiro ed esplose in un pianto disperato. E senza una cazzo di traccia come faccio a capire cos'è che non va? Come faccio ad avere un figlio?

Andrea le prese una mano. Lei la sottrasse come per il morso d'un ragno. Si girò su un fianco. Avrebbe voluto stringere le ginocchia al petto, ricomporre la sensazione del feto che le era stato sottratto, ma non riusciva a sollevare le gambe.

Vai via, disse.

Agnese...

Ti prego, vai via. Vattene.

Andrea restò seduto ancora alcuni istanti, finché una fitta attraversò l'omero e sentí il grido del nibbio; ma no, erano altre sirene che avvampavano in strada.

Uscendo, vide i suoceri in corridoio, gli occhi chiusi e le mani in grembo. Andò a bussare alla porta dello studio della dottoressa. Agnese sarebbe rimasta ricoverata ancora un paio di giorni, disse lei. E sí, se volevano potevano tentare di nuovo una gravidanza. E no, non c'era modo di sapere se e quando una gravidanza avrebbe funzionato. Ora deve occuparsi di sua moglie, disse.

Sí.

Non la forzi.

No.

Ci vorrà del tempo.

Tempo, ripeté lui.

Il telefono squillò e la dottoressa pinzò la cornetta tra spalla e orecchio mentre, con le mani, s'accendeva una sigaretta; si avvicinò alla finestra e la spalancò. Andrea notò, dietro la scrivania, la riproduzione di un dipinto di Klimt: era un particolare da *Le tre età della donna*: il volto ieratico della madre che stringe in un abbraccio la figlia bambina, i fiori tra i capelli, le guance di porcellana. L'altra metà, la donna anziana dalla pelle secca e il ventre gonfio, la mano sugli occhi, sofferente per la propria nudità appassita, non la conosce nessuno.

Devo lasciarla, disse la dottoressa gettando la sigaretta in strada e posando il telefono; la luce del mattino le illuminò il volto. Andrea pensò che era una donna affascinante, e subito se ne vergognò. Tempo, quindi, tempo, disse. Non sia impaziente.

Sulla porta, Andrea si voltò di scatto. Senta, c'è per caso un'altra uscita?

Scusi?

Dall'ospedale, dico. Oppure... E indicò con il pollice il corridoio principale.

Segua la linea rossa. Troverà le scale di servizio. A sinistra, dopo i bagni.

I genitori di Agnese erano nelle stesse posizioni dolenti di poco prima; non lo videro fuggire, infilarsi giú per le scale e infine fuori, tra la gente inebriata dall'aria sottile di quel giorno di primavera. Raggiunse casa per vie laterali, strisciando contro i muri dei palazzi. Arrivato di fronte al portone infilò le mani in tasca e s'accorse di non avere le chiavi. Ripercorse con la memoria i gesti fatti prima di uscire e si convinse di averle prese; doveva averle perse correndo. Suonò ai vicini, che ne avevano un paio di scorta, ma non rispose nessuno. Si guardò attorno. S'accorse di avere fame, ma non aveva soldi. Un cane cominciò ad abbaiare sporgendo la testa da uno dei balconi all'ultimo piano del condominio di fronte. Andrea s'accasciò sullo scalino davanti al portone e alzò gli occhi in direzione del latrato schermando il sole con la mano, un sole spensierato che irradiava ogni cosa oltre la selva di antenne e comignoli, asciugava i panni stesi e scioglieva i lacci del lungo inverno invitando la gente a uscire dalle case e a celebrare il principio di una nuova stagione.

Agnese tornò a casa dopo quattro giorni di esami e analgesici. All'ospedale, prima di uscire, aveva cercato di rassettarsi: s'era fatta portare da Andrea una gonna nera e una camicia che usava al lavoro. Era stato un errore e l'aveva capito subito studiando nello specchio del bagno gli occhi segnati e la pelle, quella del collo soprattutto, tanto sottile da far trasparire i reticoli di vene.

Nell'aprire la porta dell'appartamento Andrea faticò a far girare la chiave nella toppa, come se qualcosa o qualcuno la stesse bloccando dall'interno. Ecco, ci manca solo questo, disse sorridendo. Lei non ricambiò. Domani chiamo il fabbro.

Quando alla fine la serratura cedette, Agnese entrò in punta di piedi; occhi strizzati e mano di taglio sulla fronte, esaminò l'appartamento in cerca d'un riparo, un luogo in cui nascondersi in quel territorio cosí familiare, ma d'un tratto ostile.

Una tisana o del succo di frutta? C'è dello yogurt, se ti va.

Non rispose. Aveva scelto la poltrona. Sí, la poltrona andava bene. Vi si rannicchiò sopra e si tolse le scarpe, afferrò un cuscino, lo infilò tra la testa e lo schienale e chiuse gli occhi. No, non era poi cosí difficile escludere il mondo.

Andrea accese la radio in cucina e vagò tra i canali in cerca di qualcosa che andasse bene, ma ogni musica lo irritava e la spense. Prese un pentolino dal lavello e mise l'acqua sul fuoco sorvegliando la bollitura, immerse due bustine di tisana – una alla menta e una al finocchio – versò il contenuto nelle tazze e le portò in soggiorno. Era pomeriggio tardi. Il vento spingeva contro le finestre facendo scricchiolare gli infissi. Prese posto sul divano accavallando le gambe. Posò una tazza sul tavolino, l'altra la tenne in mano e la premette contro la camicia per sentirne il calore.

Ti hanno chiamato? chiese Agnese senza aprire gli occhi.

Andrea pensò ai medici. Scusa?

Dalla scuola. Ti hanno chiamato?

Non ancora.

Pensi ti chiameranno prima o poi?

Come sempre, disse. Perché non dovrebbero?

Agnese impastò un ghigno a uno sbuffo. Si girò e prese la tazza dal tavolino.

Ha telefonato Carla, ieri, fece Andrea.

Da quanto sei a casa adesso? Tre settimane?

Andrea annuí. Carla ha detto di averti cercato sul cellulare. Ma era spento.

Io non capisco.

Cosa?

Come fai a sopportarlo.

Agnese... Non credo sia il momento.

Agnese drizzò la schiena strabuzzando gli occhi. Non è il momento?

Voglio dire che se non riusciamo ad avere un figlio la colpa non è… be', non è certo del lavoro. Questo voglio dire.

Questo vuoi dire?

Insegno arte e disegno, Agnese. Cosa vuoi che faccia?

Sentirono il rumore dell'ascensore che si ferma, le urla euforiche dei figli dei vicini, i rimbrotti della nonna in dialetto. Quindi un trillo, risate, il tintinnio delle chiavi. Gli scatti facili della serratura.

Andrea abbassò la voce. È solo questione di tempo, disse.

Ma per favore, disse lei alzando una mano con un tono sgraziato. Il movimento brusco fece beccheggiare la tisana nella tazza e uno spruzzo le bagnò il collo e la camicetta. Cazzo, disse. Prese dei fazzoletti di carta, tamponò l'umido, ma continuò a sentirsi sporca, a disagio, cosí prese a strofinarli sulla pelle e sulla stoffa della camicia, prima piano poi con foga sempre maggiore, ma piú li strofinava piú i fazzoletti si disfacevano rilasciando residui polverosi. Cacciò un urlo. Scagliò a terra ciò che restava dei fazzoletti, posò malamente la tazza sul tavolino, che roteò rovesciando parte della tisana, si alzò e corse in camera da letto.

Andrea attese di sentir sbattere la porta. Invece no.

Seduto sul divano, osservò il dolore posarsi sui mobili e sui libri, riviste tende piante, sulle cornici delle foto e infine sul pavimento. Poi s'inginocchiò, spostò un vaso di vetro dal tavolino accanto a una pila di «Internazionale», fece combaciare il bordo della tazza con il piano e raccolse i petali dei fiori secchi, lí da chissà quanto, ammucchiandoli con la mano e facendoli precipitare in ciò che restava della tisana. Raccattò i fazzoletti e andò a depositare tutto nel lavandino in cucina.

Pensò che dell'aborto non avrebbero piú parlato.

Aun-Liang aveva quattro anni, Andrea andava a casa sua ogni giovedí. La famiglia Zhao viveva al secondo piano di un palazzo di inizio Novecento, una trentina di piccoli alloggi affittati da italiani a stranieri, cinque o sei ancora abitati dagli anziani proprietari, due dei quali nati prima della guerra. L'intonaco giallognolo sfarinava sui gradini delle scale in pietra di Luserna. Odore di verdure bollite. Vestiti stesi ad asciugare sul terrazzino del pianerottolo. Il citofono del portone era una cartografia dei flussi migratori, con una particolare concentrazione di cognomi est-asiatici.

Era un paziente di Agnese, Aun-Liang. Era nato sordo profondo, ma nessuno se n'era accorto. Alla nascita erano state diagnosticate altre patologie minori, ma non la sordità, e solo intorno all'anno e mezzo si erano accorti che non reagiva ai suoni, neppure a quelli improvvisi come una pentola caduta a terra o il clacson di un camion. I genitori avevano scelto di farlo operare e da quando gli era stato inserito l'impianto cocleare Agnese, che era una logopedista, lo vedeva due volte a settimana. La famiglia aveva anche avuto un supporto educativo, poi il servizio era stato chiuso e durante uno dei periodi in cui Andrea era senza supplenze Agnese aveva proposto a lui di seguirlo come volontario.

Il giorno del rientro dall'ospedale Agnese non pranzò. Andrea morse un pezzo di formaggio in piedi, la schiena contro il frigo, poi s'affacciò alla camera da letto e disse che sarebbe andato da Aun-Liang. Agnese non rispose.

Stava per prendere la macchina, ma all'ultimo si decise per l'autobus. Alla fermata restò appoggiato al palo per qualche minuto, poi cominciò a camminare. Non c'era un orario preciso entro il quale era atteso e aveva un bisogno disperato di muoversi.

La madre di Aun-Liang lo vide arrivare attraverso le vetrine del bar che gestiva con il marito, due numeri civici prima di quello dell'abitazione. Uscí a salutarlo. Aveva la faccia fresca e larga e occhi che Andrea definiva terricoli. L'unica cosa che diceva era: Andrea Andrea, con asserzione e gratitudine. E talvolta si lanciava in un riconoscente: Non fossi tu, che portava lui, ogni volta, a chiedersi: Chi sarei?

Andrea Andrea, disse andandogli incontro. Non fossi tu.

Non ci fossi io, ci sareste voi, rispose lui – Agnese si era raccomandata di restituire al mittente ogni esplicito tentativo di delega – e lo disse indicando la donna con il dito, per sottolineare che parlava con lei.

No no. Non fossi tu.

Aun-Liang è a casa?

Aspetta.

Mi aspetta o devo aspettare? Posso salire? Tutto bene all'asilo? Dorme?

Sí.

È rimasto a dormire? Quando?

Sí.

Signora, le ho chiesto se è rimasto a dormire. Aun-Liang. All'asilo.

La signora Zhao si rabbuiò, chiuse gli occhi per concentrarsi. Dormire ancora no, disse scuotendo la testa.

Fu la nonna ad aprire la porta di casa. Aun-Liang, dietro di lei, aggrappato al grembiule, faceva capolino. I capelli corti mettevano in risalto i microfoni agganciati alle orecchie e l'antenna piatta del ricevitore ancorata al capo tramite un magnete. La nonna disse qualcosa in cinese, Andrea la salutò con un cenno. Aun-Liang lo prese per mano, come faceva sempre, e insieme si diressero tra il letto e la finestra – era il loro angolo. Si distese schiena a terra, prese una macchinina, un camion dei pompieri, e cominciò a farlo volare. Andrea prese da una mensola una vecchia scatola di latta, la scatola dei mattoncini di legno, e ignorato da Aun-Liang creò una specie di arco di trionfo. Afferrò un tamburo abbandonato sotto una sedia, estrasse dalla tasca un fischietto, quindi s'inginocchiò alle spalle del bambino.

Aun-Liang.

...

Aun-Liang, ripeté alzando un po' la voce.

...

Aun-Liang, disse ancora. E finalmente il bambino si girò pancia sotto, appoggiò il camion contro la guancia facendosi il solletico con le ruote e alzò gli occhi verso Andrea. Con frasi composte da singole parole, *macchinina*, *galleria*, *passare*, *suono*, facendo lui, prima, quello che voleva che Aun-Liang facesse, Andrea disse che il camion dei pompieri doveva transitare sotto l'arco al fischio e girargli attorno quando batteva sul tamburo. Ma prima che potesse fischiare o battere sul tamburo Aun-Liang lanciò il camion contro l'arco, distruggendolo; i mattoncini schizzarono ovunque.

Chá? chiese la nonna affacciandosi alla porta – intendeva se voleva del tè.

Andrea disse di no, grazie. La donna scomparve nel corridoio e lui si chinò a terra per ricostruire l'arco. Non cosí, disse ad Aun-Liang assemblandolo nuovamente. Non cosí. Gli prese di mano la macchinina, portò il fischietto alle labbra, attese che Aun-Liang lo guardasse, lo *vedesse*, fischiò e la fece passare sotto l'arco. Cosí, va bene? Fischio, disse fischiando. Macchina, disse mostrandola. Arco, disse ripetendo l'azione.

Aun-Liang sorrise, caricò il braccio e colpí l'arco con tutta la forza che aveva.

Aun-Liang, urlò Andrea.

Scappò via e Andrea gli corse dietro, ma il tempo di arrivare in corridoio e non c'era piú. Da una porta sbucò un anziano che s'impietrí. Andrea non l'aveva mai visto prima.

Aun-Liang? chiese Andrea indicando la porta da cui il vecchio era uscito.

Quello non rispose, continuava a fissarlo.

Andrea lo superò scusandosi, infilò la testa oltre la porta: c'era un letto matrimoniale e sul letto tre uomini e una donna, addormentati. Si ritrasse di scatto e ruotò su sé stesso. Il vecchio era scomparso e al suo posto c'era Aun-Liang.

La porta d'ingresso era spalancata.

Aun-Liang scattò sul pianerottolo e giú per scale – le infradito producevano un suono simile a quello della pioggia sulle pozzanghere.

Aun-Liang, urlò Andrea, sapendo che era inutile.

Il portone che dava sulla via era aperto e il sole stava tramontando. Un ragazzo entrò con lo skateboard nell'androne avvolto dal clangore delle ruote. Andrea pensò che era andato dai genitori, ma quando irruppe nel bar deserto entrambi, padre e madre, si voltarono, uno strofinaccio umido in una mano, un bicchiere nell'altra. Il loro sguardo aereo rispose alla sua domanda prima ancora che lui la formulasse. Tornò indietro seguito dai due che lo chiamavano per sapere cosa fosse successo – la voce autorevole del padre, lo scalpiccio teso della madre. Entrarono nell'androne tutti insieme.

Aun-Liang emerse dall'ombra dietro la porta, ridendo. Fece per scappare di nuovo verso il cortile. Andrea lo afferrò per una mano e lo trasse a sé come si recupera una fune: prima il polso, poi il braccio, le spalle, infine lo sollevò di peso.

Stai fermo. Ho detto stai fermo. Diavolo!

Erano pietre i pugni di Aun-Liang, il tentativo di contenimento ossigeno per il fuoco. Si sbracciava, si staccò l'impianto sinistro e lo scaraventò a terra; esplose una scarica di calci finché uno colpí Andrea al basso ventre costringendolo a rannicchiarsi dal dolore e a svincolarlo. A quel punto corse su per le scale inseguito dal padre, mentre la madre aiutava Andrea ad alzarsi.

Andrea Andrea. Lo prese da sotto l'ascella. Non fossi tu, disse.

Quando Andrea entrò in casa Agnese non rispose al saluto. Scaldò del passato e gliene portò in camera una tazza che lei avrebbe lasciato raffreddare sul comodino. Non chiese com'era andata con Aun-Liang; lui non disse nulla.

Passata mezzanotte spense il televisore, bevve dell'acqua e si decise per il letto. Agnese mostrava la schiena. La luce del lampione filtrata dalla tenda formava una lanugine sulla coperta. Si spogliò gettando i vestiti sulla sedia, indossò il pigiama e scivolò tra le lenzuola modellando il proprio corpo su quello della moglie: le ginocchia nell'incavo delle sue, il petto contro le scapole, il naso nei capelli. Le posò una mano sul fianco e il silenzio li accompagnò al risveglio.

Andrea spese il giorno successivo eliminando la gravidanza dall'appartamento. Libri sulla maternità; regali ricevuti in anticipo; liste di nomi appuntate sui foglietti dell'azienda sanitaria – volevano chiamarlo Lorenzo, oppure Chiara; una planimetria scarabocchiata che prefigurava la trasformazione dello studio in cameretta; un catalogo d'abbigliamento pre-maman. Eppure, raccolto tutto, buttato tutto, eliminata ogni traccia, era come se l'odore della gravidanza aleggiasse ancora nell'aria. Passò l'aspirapolvere, lavò le tende in lavatrice, spruzzò sul divano e sulle poltrone uno spray disinfettante – dove avevano fatto l'amore, lui e Agnese, la sera del concepimento? No, non sul divano. Avrebbe bruciato le lenzuola; ne avevano di mai usate.

Scese in strada a gettare i sacchi.

Rientrando inciampò nella signora dell'ultimo piano che lo mise al corrente di una riunione condominiale che si era perso: un problema di colori delle plafoniere in cantina, il cambio dell'impresa di pulizie. Andrea vedeva le labbra della signora muoversi, ma non sentiva le parole. Poi, il canto aspro di Billie Holiday diffuse *Summertime* dalla sua tasca.

Sí, pronto? Fece un gesto di saluto alla signora e cominciò a salire le scale.

Una voce squillante chiese del signor Luna.

Sono io.

Chiamava dalla scuola media Don Milani di San Rocco, per una supplenza. Il docente di educazione artistica si era messo in malattia. Disse che dalla scheda vedeva che abitava in città e che sarebbe dovuto venire in macchina o in treno.

Sí. Ma non c'è problema. Verrò in treno.

Disse che il docente aveva chiesto di entrare sempre alla prima ora.

Non c'è problema.

Disse che il professor Rostagno, il docente, aveva chiesto di lasciargli il numero, e si era raccomandato che lo chiamasse.

Chiamo sempre chi sostituisco.

Disse che non aveva dubbi e Andrea si chiese perché, visto che non lo conosceva.

Chiusa la telefonata, rimase alcuni istanti con il cellulare in mano, poi entrò euforico in camera da letto. Agnese era girata.

Domani mi alzo presto, disse. Ho una supplenza. Per tutto il mese.

Lei cambiò posizione facendo frusciare le gambe sotto le lenzuola e sentí il bisogno di abbracciare il cuscino – qualunque cosa volesse dire.

Trascorse il pomeriggio a studiare come riprodurre gioielli medievali con smalti per unghie e lamina a sbalzo, ciò che il professor Rostagno aveva spiegato in seconda, prima che gli diagnosticassero una peritonite; come realizzare delle figure in pixel art usando i post-it – programma di prima – e a cercare su internet informazioni sulle poesie visive dei futuristi per la terza. La mattina dopo si svegliò alle cinque e trenta. Vestito, con lo zaino in spalle, ebbe l'impulso di dare un bacio ad Agnese nel sonno. Fece il giro del letto, ma quando stava per chinarsi ci ripensò.

Verso le due di pomeriggio era seduto sulla panchina, alla stazione, in attesa del treno che lo avrebbe riportato a casa e osservava i raggi del sole giocare con l'acqua di una pozzanghera. A metà mattina, mentre era in seconda, c'era stato uno scroscio violento di pioggia, poi il sole era tornato a trasudare da dietro le nubi. Normalmente una situazione simile – l'attesa del treno, la campagna – lo avrebbe riempito di gioia. Quel giorno, invece, i segnali del cambio di stagione, la volubilità del tempo, ebbero su di lui un effetto dirompente.

Si rese conto di aver perso un figlio.

Non che prima non ne fosse consapevole, sia chiaro, ma era troppo impegnato a essere farmaco per Agnese da permettere a quel pensiero di sedimentarsi e attecchire cosí come un pensiero del genere ha bisogno di sedimentarsi e attecchire – alla giusta profondità. Si rese conto d'un tratto che nulla di lui esisteva e mai sarebbe esistito: non i suoi giochi, non la sua voce, non i compiti scolastici. Che forse non ne avrebbe mai avuto uno. Che non era scontato. Che forse davvero c'era qualcosa in Agnese che non funzionava.

Non posso essere io, pensò, io che colpa posso avere?

All'arrivo del treno Andrea fece fatica ad alzarsi, a prendere posto: non pianse perché le lacrime implosero al punto da ottenebrarlo. Non fu semplice in città scovare la strada verso casa e una volta raggiunta, tastando le tasche della giacca in cerca delle chiavi e non trovandole, si accorse di aver scordato lo zaino sul vagone: disegni dei ragazzi, cellulare, portafoglio; tutto.

Suonò il campanello una volta, rapido, come a chiedere scusa. Quindi suonò altre due volte. Suonò di nuovo, questa volta piú a lungo, ancora nulla; come se in casa non ci fosse nessuno. Allora pigiò con tutta la forza che aveva. Consapevole del fatto che la violenza del gesto non avrebbe aumentato l'intensità dello squillo, caricò la spalla, il braccio, la mano e mantenne il dito lí, sul pulsante, finché non cominciò a sentire attraverso i muri, amplificato dalle grondaie, l'urlo del proprio campanello. Ma Agnese non aprí. Poi, gli venne in mente di provare con i vicini, che però non erano mai in casa, e invece quella volta c'erano.

Ho suonato, disse ad Agnese spalancando la porta della camera da letto.

Lei sospirò e tirò su con il naso, rannicchiandosi.

In lei avevano fatto la tana animali diversi; o per lo meno cosí le sembrava. Il tasso, il moscardino e la marmotta si erano rifugiati tra le cartilagini delle ginocchia entrando in letargo e impedendole di muoversi. La volpe e l'aquila si litigavano tra le pareti gastriche la carcassa di una lepre e quando sbagliavano la presa infierivano sulla sua carne, mordendo e dilaniando. Due pipistrelli le erano penetrati di notte nel cervello, attraverso le orecchie, e di tanto in tanto si svegliavano inseguendosi tra gli strilli, per poi rifugiarsi nei ventricoli laterali e tacere per lunghi periodi di tempo. Nei polmoni un serpente aveva fatto le uova; tra i capelli, le lucertole.

Una mattina, Agnese aprí gli occhi e si accorse che durante la notte se n'erano andati. Andrea era uscito a prendere il treno: il cuscino senza impronte, il pigiama piegato; una lama di luce filtrava da sotto la tapparella.

Lasciato il letto a fatica, Agnese fece la doccia. L'acqua bollente sciolse i sedimenti del sonno, sciacquò via l'intorpidimento dai muscoli. Si preparò una colazione abbondante, una di quelle che lei e Andrea si concedevano, per questioni di tempo, solo la domenica mattina. Prese il tappetino antiscivolo sotto il letto, lo distese accanto alla finestra e fece gli esercizi con cui sempre, prima – in quel tempo che da quel momento in poi avrebbe chiamato semplicemente *prima* – cominciava la giornata. Si vestí e si recò al lavoro.

Non era previsto che rientrasse cosí presto, Andrea aveva telefonato dicendo che sarebbe stata assente quindici giorni, perciò il suo ingresso fu salutato con gioia e sorpresa, abbracci, strette di mano, pacche sulle spalle, ma nessun riferimento all'accaduto, nonostante tutti sapessero, cosa che rese il fatto ancora piú percepibile sotto strati di parole gentili, gesti oltremodo premurosi e sguardi imbarazzati. Poco dopo le due Andrea la chiamò sul cellulare, era tornato da scuola e non l'aveva trovata.

Potevi lasciare un messaggio.

Sono in ambulatorio, disse lei come fosse scontato.

Lui rispose che era contento. E stupito anche. Contento e stupito. Aggiunse che aveva ritrovato lo zaino.

Quella sera ordinarono dal cinese e mangiarono in salotto guardando un programma di approfondimento politico che nessuno dei due avrebbe voluto vedere.

Ho sentito mia madre, disse Agnese travasando gli avanzi di riso in un contenitore. Ci hanno chiesto di andare a cena sabato.

Bene.

Bene?

Sí.

Andrea, non ti è mai piaciuto andare a cena dai miei. Vi odiate.

Andrea si strizzò nelle spalle. Non tutto quello che succede ci piace, giusto?

E ho un convegno a Lione la settimana prossima. Moissan ha chiesto di me.

Il professor Moissan. Be', che dire? Il professor Moissan ha una grande stima di te, disse Andrea indicandola con la bacchetta. Sai cosa penso? Che dovresti sfruttarla questa fiducia. Poi, afferrando un pezzo di pollo: Posso raggiungerti venerdí se ti fa piacere. Sabato – si infilò in bocca un ultimo pezzo di involtino – sabato ho il giorno libero.

Meglio di no. Che dici?

Perché?

Avrò da lavorare. Sarò sempre con i colleghi. Hai presente? E fece un gesto con la mano come a dire che non era una vacanza e che lui si sarebbe sentito escluso. Nessuno si porta il marito o la moglie, disse. Si alzò per portare via i resti della cena. Vuoi che li inviti io?

Andrea chiese di chi stava parlando.

I miei genitori. Sabato. O che vada da sola.

Andrea disse ancora che no, non era il caso, che avrebbe comprato una bottiglia di quel passito siciliano – Ti ricordi come si chiamava? – che era piaciuto tanto a sua madre.

In cucina, Agnese accese la luce tenue sopra il gas. Divise la spazzatura: umido, carta e cartone, plastica. Sbucciò una mela e si mise a sbocconcellarla appoggiata al lavello. Da lí, in penombra, vedeva la porta incorniciare Andrea seduto sul tappeto, gambe incrociate, la schiena contro il divano. La luce fredda e intermittente della televisione gli scolpiva il viso, ma lui non la stava seguendo, la televisione. Aveva gli occhi persi in direzione della parete, quella dove, tempo addietro, avevano deciso di appendere un quadro o una fotografia di grandi dimensioni – un dipinto rinascimentale o un panorama urbano di Gabriele Basilico – che però non erano mai stati in grado di scegliere. La parete era rimasta vuota. Si chiese cosa stava guardando.

La cena di sabato fu un disastro. Agnese non aveva fame e la madre, che si metteva ai fornelli con evidente fastidio, si lamentò che avrebbe potuto avvisarla, che avrebbe volentieri evitato di passare metà pomeriggio a pelare e stufare verdure. Andrea e il signor Ardenzi, a seguito di un commento su un fatto di cronaca, si impelagarono in una discussione sulla necessità o no di una polarizzazione dei partiti. Andrea disse di ritenersi un moderato di area cattolica e che è con il buon senso e la concertazione che si prendono le decisioni migliori per il maggior numero di persone possibile. Ardenzi esplose in una risata enfatica. Disse che i *frocetti moderati* – usò queste parole –, in particolare quelli di area cattolica, erano la causa della rovina dell'Italia. Ma ti ascolti? disse Ardenzi sbuffando. Governare con moderazione... Non senti lo scricchiolio dell'ossimoro? Fece un gesto con la mano come per avvitare qualcosa all'orecchio. O si governa o non si governa; o di qua o di là.

Il convegno a Lione, invece, fu un successo. Per Agnese e non solo per lei. Alla fine dei cinque giorni, a cena, mentre divoravano minuscole crêpe farcite con porri e formaggio di capra, il professor Moissan, versandole del Bordeaux, le chiese se fosse interessata a un assegno di ricerca presso il suo dipartimento. Tre giorni a settimana a Lione, non avrebbe dovuto trasferirsi. L'avrebbe ospitata lui – nel suo studio c'erano un divano letto e un bagno con la doccia. Hai tempo tutta l'estate per pensarci, disse. Io ti mando il contratto eccetera, e tu ci pensi. Ne parli con tuo marito.

Brindarono alla proposta. Agnese disse che non aveva bisogno di pensarci, ma che l'avrebbe fatto lo stesso. Era tanta l'euforia che quella notte non riuscí a dormire e alle sei del mattino, nonostante la foschia, uscí dall'albergo per camminare lungo il fiume.

Due settimane dopo, Andrea si ritrovò ancora una volta a casa, senza lavoro, in attesa di una scuola che gli offrisse una supplenza. In otto anni d'insegnamento era riuscito a seguire le stesse classi per un anno intero due volte, e per piú di sei mesi solo tre volte. Per il resto, si trattava di raccogliere le briciole e cominciare ogni volta da capo: nuovi colleghi, nuovi orari, nuovi studenti. Ciò che lo faceva soffrire di piú erano i nomi: il fatto di non saperli e, appena li imparava, di doversene andare.

Fu mentre era disoccupato che una mattina di maggio, di rientro da un'ora di corsa, si imbatté in Vincenzo. Andrea stava camminando sotto i portici, ripassando le cose che doveva comprare al mercato dei contadini quando si sentí chiamare da una caffetteria.

Lui e Vincenzo avevano trascorso tre mesi a New York insieme, alcuni anni prima, lavorando in nero in un ristorante italiano nel Bronx: lui, Andrea, si era appena laureato in Architettura, mentre Vincenzo aveva deciso di lasciare

Ingegneria. Ma per diversi motivi, tra cui una ragazza irlandese di nome Dáire, dopo quell'esperienza si erano persi di vista. Poi, un giorno, da amici comuni, Andrea aveva saputo che Vincenzo si era trasferito di nuovo a New York, questa volta in via definitiva, per lavoro.

Si era fatto crescere la barba, Vincenzo. Indossava un abito da sartoria; aveva i capelli imbiancati sulle tempie. Si abbracciarono. Fermati, ti offro un caffè. Si voltò. Signorina, un altro caffè. Ma che fai? Sei andato a correre?

Quanti anni sono, Vincenzo? No aspetta, non voglio saperlo. Andrea portò una mano al cuore simulando un infarto.

Ho solo dieci minuti, cazzo, mi spiace. Si sposa mio cugino. Poi domattina corro a prendere l'aereo ché devo tornare a New York. Ho tanto di quel da fare. Ma se non venivo chi li sentiva i miei. Hai presente? Sei via, ci lasci soli, non chiami mai...

E la famiglia non esiste...

E la famiglia non esiste, esatto.

Andrea pensò che da quando i suoi genitori erano morti in un incidente, durante il suo primo anno di università, quel senso di appartenenza non l'aveva piú provato. Sei ancora lí? chiese. A New York, dico.

E chi si muove, Andrea? Non ho la villa agli Hamptons, ma me la sfango. Mi sono sposato: Rosa è messicana. Abbiamo due bambine. Ho messo su un'impresa di pulizie, sai? Grazie a suo padre, devo dire, al padre di Rosa...

Pulizie?

Uffici, condomini. Ma dimmi di te. La ragazza irlandese?

Dáire? Accidenti. Non ci pensavo da... da quant'è che non ci pensavo? Che dirti, Vincenzo? Sono sposato anch'io e insegno arte ed educazione tecnica.

Fai il professore?

Diciamo che vorrei farlo, se la scuola e lo Stato me lo permettessero.

Ma come stai? Dimmi come stai. Sei contento?

La cameriera portò il caffè e chiese se voleva del latte.

No, grazie, disse lui. Come sto? Mettiamola cosí: nell'ultimo secolo abbiamo avuto due conflitti mondiali, la Guerra Fredda, la paura del nucleare, eppure la gente pensava al futuro. Aveva fiducia nel futuro. E io... io invece non ci riesco, Vincenzo. Respirò a fondo. Io proprio non ci riesco. Ecco come sto.

È perché siamo ancora troppo ricchi, Andrea. Stiamo bene e allo stesso tempo siamo gelosi di quello che hanno avuto i nostri genitori. Guardò l'orologio. Cazzo! È tardissimo. Devo andare. Si alzarono, si abbracciarono. Cerca «Leogrande Janitorial Services» su internet, c'è la mia mail. Scriviamoci, va bene? Mi raccomando, ci conto.

Mentre sceglieva i fiori di zucca e le melanzane al mercato dei contandini, Andrea si chiese che fine avesse fatto Dáire. Era a causa sua se aveva scelto di fare l'insegnante. A casa cercò in uno scatolone la busta che conteneva le foto di New York. La prima che vide era una di quelle con Vincenzo, loro due sulla Promenade di Brooklyn e Manhattan alle spalle. Poi case e strade. Palazzi di SoHo o di Coney Island. Pensò che erano stati i mesi piú belli della sua vita. Ma le foto con Dáire non c'erano piú.

Del fatto che avrebbe accettato l'assegno di ricerca del professor Moissan Agnese non discusse con Andrea – gli *comunicò* la notizia, aspettandosi da lui lo stesso entusiasmo. E fu quello che ottenne. Andrea la baciò e si congratulò. Disse che era meraviglioso ma non stupefacente, nel senso che non lo stupiva che le fosse stata fatta una proposta che era, secondo lui, la normale conseguenza del suo valore. Dovrebbe essere nell'ordine delle cose. Stai raccogliendo ciò che hai seminato, disse spogliandosi dopo la corsa. Non capita sempre, ma è ciò che dovrebbe sempre capitare. Te lo meriti.

I tre giorni alla settimana, forse quattro, che avrebbe passato a Lione e durante i quali non si sarebbero visti, vennero archiviati alla voce effetti collaterali: nulla d'insostenibile.

Nel frattempo, non avendo altro da fare, Andrea aveva deciso di aumentare gli incontri con Aun-Liang. Cosí al pomeriggio del giovedí aveva aggiunto quello del martedí e al martedí – quando Moissan aveva coinvolto Agnese nella preparazione di un seminario in Norvegia – la domenica dopo pranzo e, con l'avvicinarsi della fine delle scuole e il rarefarsi delle possibilità che per quell'anno venisse ancora chiamato a supplire l'assenza di qualcuno, Andrea disse ai genitori, i signori Zhao, che sarebbe andato volentieri tutti i giorni.

Cominciò a dormire male. Si svegliava nel mezzo della notte per lo scricchiolio del parquet, il chiacchiericcio di un gruppo di ragazzi in strada o lo sbattere di una portiera; poi non riusciva piú a riprendere sonno. Si alzava, si versava un bicchiere di vino, accendeva la televisione. Vedeva vecchi film. Ascoltava musica con le cuffie, di solito jazz, blues o i primi dischi di Leonard Cohen. A volte prendeva appunti, stilava decaloghi che avrebbero dovuto, nelle sue intenzioni, rassicurarlo: le dieci persone cui era piú legato, i dieci ricordi migliori della sua vita, i dieci posti in cui sarebbe voluto andare prima di morire. E usciva a correre, anche di notte.

Da quanto non facciamo l'amore? chiese una mattina ad Agnese, mentre preparava il caffè. Non c'era accusa nella voce, piuttosto il tono ufficiale di una constatazione, la ricerca di un dato statistico.

Lei aveva strizzato con il cucchiaino la bustina del tè alla mela.

Mi sono masturbato, questa notte, disse Andrea. Era...

Spero tu non voglia scendere in dettagli.

No. Certo. Non... Volevo solo sapere cosa ne pensavi.

Del fatto che ti sei masturbato?

Del fatto che non ci cerchiamo.

Agnese guardò nella tazza come per leggerne il fondo. Sorseggiò il tè, ma era ancora troppo caldo, si bruciò la punta della lingua e fece una smorfia. Tu ne senti la mancanza?

Se io...

Andrea, disse Agnese prendendo fiato e posando la tazza. Diamoci tempo.

Sí, certo. È che da un po' di tempo non ho un buon rapporto con il tempo, sai? Per averlo bisogna sapere come usarlo. Dove stiamo andando? Tagliò l'aria con la mano come a disegnare una strada. Dove stiamo andando, Agnese?

Io in Comune, Andrea. Ho una riunione importante. Scusami, ma devo finire di prepararmi, disse alzandosi.

Chissà perché ad Andrea venne in mente di chiederle se era stata lei a prendere le foto con Dáire dalla scatola dei ricordi di New York. Invece disse: E tu?

Cosa?

Tu ne senti la mancanza?

La sentirò, disse lei controllando l'orologio. Sono certa che la sentirò. Accennò un sorriso rassicurante, ma non fece in tempo a uscire dalla cucina che era già svanito, sciolto in un'impercettibile tensione agli angoli della bocca.

Era metà giugno e sulla città era calato un caldo afoso; un anticipo di quell'estate, dicevano, che sarebbe stata una delle piú soffocanti degli ultimi anni. Sui giornali s'inseguivano articoli a favore o contro la tesi del riscaldamento globale. Fatto sta che Andrea si era arreso all'idea di addormentarsi al mattino presto, quando il fresco aveva, almeno in parte, avuto ragione della temperatura accumulata nel corso del giorno dal cemento e dai mattoni.

Erano da poco passate le due di notte. Si sarebbe poi chiesto, in seguito, che giorno fosse: probabilmente martedí. Aveva finito un avanzo di polpette e preso una birra dal frigo. La teneva appoggiata alla tempia quando vagando tra i canali incappò in un servizio su una mostra inaugurata al Metropolitan Museum: *Dutch Golden Age*. La pittura del Secolo d'oro olandese, con un'attenzione particolare a Rembrandt. Per la prima volta – cosí disse il commentatore che parlava dalla terrazza del museo dando le spalle a Central Park – sarebbe stato possibile vedere una accanto all'altra le sue opere piú importanti, dipinti come *La ronda di notte*, prestata dal Rijksmuseum di Amsterdam, *Il festino di Balthazar* dalla National Gallery di Londra, e *Il ritorno del figliol prodigo* dall'Ermitage di San Pietroburgo.

Sullo schermo passavano le immagini dei quadri inframmezzate da scene tratte da documentari e film, come quello con Colin Firth nella parte di Vermeer e Scarlett Johansson in quella della ragazza con l'orecchino di perla. Un professore d'arte della Columbia University fece un veloce riassunto della vita di Rembrandt: il successo come ritrattista, le difficoltà economiche, le tragedie personali – la morte del figlio Rumbartus a due mesi, quella della figlia Cornelia tre settimane dopo la nascita e di una seconda figlia, chiamata anch'essa Cornelia, a neppure un mese di vita. Era come se gli fosse stato *impedito* di mettere al mondo un figlio, disse il professore guardando a destra della telecamera. Tanto che Rembrandt, alla fine, ecco, alla fine sopravvisse anche a Titus, l'unico figlio che aveva visto crescere e che morí ventenne.

Il giornalista – alto, capelli brizzolati, uno scialle azzurro al collo – continuò a parlare del Museum Mile, il tratto della Quinta Strada su cui affacciavano i musei piú importanti della città. Poi trasmisero filmati di repertorio della New York tra gli anni Cinquanta e gli anni Ottanta: Pollock con Peggy Guggenheim, Warhol, Haring. No, non esiste piú quel fermento, disse il giornalista, tenendo fermo con una mano lo scialle che il vento tentava di strappargli. Ma l'eco di quegli anni lo si sente ancora, qua e là, rifratto dalle superfici specchianti dei grattacieli. Quindi ci furono alcuni istanti di sigla – Andrea credette di riconoscere la voce di Antony Hegarty – e d'un tratto si passò alla pubblicità di una marca di lampade.

A quel punto spense.

Per alcuni minuti le immagini del servizio continuarono ad affastellarsi davanti ai suoi occhi senza un ordine particolare. Poi, d'un tratto, si mescolarono ai ricordi – i ricordi di New York – innescando in lui un violento senso di vertigine, tanto da costringerlo ad avvinghiarsi al divano quando, nel momento peggiore, ebbe l'impressione che si stesse ribaltando. La nostalgia di qualcosa che non riusciva a focalizzare lo travolse con una spietatezza inattesa.

Restò senza fiato.

Portò la bottiglia di birra alle labbra ma era vuota, e barcollando si alzò per prenderne un'altra. Raggiunse la cucina a fatica. Nel momento in cui stava per aprire il frigo vide la luce verde del portatile che Agnese aveva lasciato in carica sul tavolo. Si sedette, cliccò sul browser, digitò: «new york last minute». Girovagò tra siti di agenzie di viaggio e tour operator finché trovò un'offerta per una settimana a meno di mille euro. Non si fermò a riflettere. Prese il passaporto, controllò che fosse valido – lo era – estrasse la carta di credito dal portafoglio. Finite le pratiche, il viso illuminato dallo schermo, mentre fuori il silenzio era rotto dall'abbaiare di un cane e da un fischio modulare cui rispose un lungo latrato, Andrea attese che al suo indirizzo di posta elettronica arrivasse l'e-mail di conferma.

La mattina dopo si rigirò e fece finta di dormire finché non sentí Agnese chiudere la porta. Restò a letto, a riflettere su cosa dirle. Non riuscí a correre come voleva – aumentava di continuo l'andatura – e nonostante Aun-Liang fosse ben disposto non fu in grado di fargli fare nulla di costruttivo. Quando si mise a disegnare sul muro con i gessetti, Andrea raccolse le sue cose, passò dalla cucina a salutare la nonna che stava sbucciando dei fagiolini e si avviò verso casa.

A New York per una mostra?

Andrea aveva atteso che cominciassero a mangiare per dirglielo. Aveva buttato la notizia sul tavolo fra le briciole di pane, come a dire: nulla di strano, ho bisogno di un po' d'aria, prendiamoci una pausa, ci farà bene.

Certo che *ti* farà bene, disse Agnese. Perché non dovrebbe farti bene? Anche a me farebbe bene andarmene una settimana da qualche parte, peccato che sia troppo impegnata a guadagnarmi da vivere. Quanto hai preso quest'anno dalla scuola, Andrea? Quanto? Ottomila? Settemila? Quindi, perché non spenderne mille per regalarsi una settimana a New York per una mostra. In fondo insegni arte. È un investimento. No, aspetta... aggiornamento. Non è cosí che lo chiamate? Batté i pugni sul tavolo e un fiotto di minestra si rovesciò sulla tovaglia.

Andrea non disse nulla. Si sentiva stranamente quieto.

Agnese si alzò per aprire la finestra. Costellazioni di insetti ronzavano attorno ai lampioni. Il vento aveva spolverato il cielo e la città, l'aria era tersa e nonostante le luci elettriche delle strade e dei palazzi, forse a causa della luna grande un'unghia, intere galassie riversavano il loro lamento in coro, infantili e sofferenti, tanto che, per escluderle, dovette tapparsi le orecchie con le mani.

3.

Il sole stava tramontando quando Andrea emerse dalla metropolitana tra la folla della Centoventicinquesima strada. Dopo un attimo di indecisione per capire da che parte fosse il nord – a svelarlo fu il tramonto – svoltò su Lenox Avenue trascinando il trolley in direzione dell'albergo. Era atterrato a Newark nel mezzo di un acquazzone che aveva fatto salmodiare preghiere all'anziana polacca dietro di lui, aveva abbracciato Manhattan con lo sguardo mentre il vento strappava le nuvole e ora, mentre lui si fermava davanti a locali che non ricordava, il caos urbano si andava sciogliendo in una luce opalescente che rifrangendosi nelle pozzanghere ammantava le strade di Harlem di un'aura mistica – che lo fece sentire a casa.

L'albergo occupava parte di un vecchio condominio. Gli venne assegnata una stanza al terzo piano: i muri erano scrostati e una rete metallica bloccava la finestra, ma il materasso era comodo e le lenzuola pulite. S'infilò sotto la doccia e si chiese se avrebbe avuto la forza di uscire a mangiare qualcosa, ma non si rispose. Se lo domandò ancora dopo essersi sdraiato sul letto avvolto nell'asciugamano e per un attimo pensò di sí, che gli avrebbe fatto piacere. Ma quando delle risate femminili e il raschiare di una chiave nella porta accanto gli fecero aprire gli occhi era ormai notte e aveva già dormito diverse ore. Sfilò l'asciugamano dai fianchi, scalciò via la coperta e si avvolse nudo nelle lenzuola fresche, lasciando al sibilo del condizionatore il compito di ricondurlo nel sogno che stava facendo.

Alle cinque era sveglio. Fece una seconda doccia e uscí in cerca di un caffè che trovò a un paio di isolati di distanza. Ordinò due ciambelle al cioccolato, si sedette a fare colazione e pensò di mandare un messaggio ad Agnese.

All'aeroporto era andato in autobus. Lei si era rifiutata di accompagnarlo. Da quando le aveva detto del viaggio si erano scambiati solo frasi smozzicate e cenni del capo. Tuttavia, la notte prima della partenza, Agnese si era stretta a lui sotto le coperte e aveva infilato la mano nel pigiama; la violenza dell'erezione l'aveva spiazzato. Andrea era rotolato su un fianco cercandole la schiena, le natiche, le gambe. Avevano fatto l'amore furiosamente, senza baciarsi; cosí come si propaga un sisma lungo le fratture della terra.

Si decise per: «È strano essere a un oceano di distanza». Inviò l'sms e si predispose a ricevere la risposta: in Italia era mezzogiorno e Agnese aveva il telefono sempre acceso e in tasca – ma non arrivò nulla. Si alzò e camminò in direzione dell'East River. Un camion della spazzatura che caricava dei sacchi neri gli fece venire in mente Vincenzo e pensò che poteva scrivergli una mail. Tornato in albergo chiese al ragazzo di turno se c'era una connessione wi-fi cui connettersi con il cellulare, lui disse che nel corridoio c'erano due computer in rete a disposizione dei clienti.

Quindi niente wi-fi, disse Andrea.

Quindi niente wi-fi, ripeté il ragazzo.

Cercò il sito della Leogrande Janitorial Services e trovò la mail di Vincenzo, indicato come *general manager*; scrisse che sarebbe rimasto a New York per una settimana, lasciò il numero di cellulare in caso volesse chiamarlo e il nome dell'albergo. Dopo aver cliccato sul tasto «Invia» pensò che avrebbe potuto scrivergli prima di partire e chiedergli ospitalità ma si disse che a quel punto, probabilmente, se ci avesse pensato troppo su, non sarebbe piú partito.

Si decise per il Met. Come prima cosa voleva vedere la mostra, poi sarebbe andato in pellegrinaggio nei luoghi della sua precedente esperienza newyorkese, sulle tracce di un sé stesso che non esisteva piú, di Dáire e di qualcos'altro cui non era in grado di dare un nome, ma che rispondeva a un progetto che in passato aveva avuto su di sé e sulla sua vita e che ora non riusciva a focalizzare; tanto da dubitare persino di averne mai avuto uno.

Raggiunse il museo attraverso il parco. Dentro, si fermò emozionato a contemplare la volta neoclassica della Great Hall, la balconata e le scale che conducevano al secondo piano dove, se ben ricordava, si trovavano la Tisch Gallery e la Cantor Exhibition Hall destinate a ospitare nuove installazioni ed esposizioni temporanee e dove era stata allestita la mostra sul Secolo d'oro. Decise di fare un giro al piano basso, di arrivarci per accerchiamento. Vagò tra statuette precolombiane e armature medievali senza prestare attenzione a nulla finché, in preda a una raffinata beatitudine, salí le scale.

«Dutch Golden Age» c'era scritto su un arazzo che pendeva dal soffitto.

La prima parte era dedicata alla scienza, al clima di tolleranza intellettuale che aveva attirato pensatori e scienziati da tutta Europa anche se, tra loro, il protagonista assoluto della mostra era un olandese: Christiaan Huygens, l'uomo che aveva studiato gli anelli di Saturno, che per primo aveva intuito la conservazione dell'energia e la cui fama era legata soprattuto all'invenzione dell'orologio a pendolo – in esposizione ce n'erano diversi.

Andrea scoprí – o forse lo sapeva e l'aveva scordato – che

il propellente umano del Secolo d'oro erano stati i migranti: mercanti calvinisti in fuga dai Paesi Bassi meridionali a causa della Guerra degli Ottant'anni, ebrei in fuga dal Portogallo e dalla Spagna, e ugonotti dalla Francia. Ritrovò nomi come Frans Hals di cui erano esposti alcuni ritratti di bambini dall'aria sporca e godereccia; Van Ruisdael, con i suoi panorami; Vermeer, celebrato attraverso una sorprendente installazione che indagava l'uso della camera oscura.

Andrea si aggirò assorto per quelle sale facendosi trasportare dalle atmosfere evocate, finché, senza accorgersene, entrò nello spazio che i curatori avevano interamente dedicato a Rembrandt – su un totem il nome era scritto con la *d* maiuscola, Rembran*D*t, per sottolineare il mistero di quella lettera aggiunta alla firma. A colpirlo, subito, furono alcuni autoritratti; in particolare uno a carboncino, da giovane, il volto pietrificato in un'espressione di stupefatto dolore, la bocca socchiusa, gli occhi sgranati come avesse visto un fantasma. In quell'istante una bambina cominciò a piangere, la madre la prese in braccio parlandole in una lingua che Andrea non distinse, e contemporaneamente dalla balconata della Great Hall arrivò il suono di un quartetto d'archi. Schubert, sentenziò un uomo dal turbante arancione che nel dirlo si grattò la barba – la moglie annuí. Scusi. Sí, dico a lei. Mi sa dire dov'è il giardino cinese? chiese una ragazza. Parlava a lui, ad Andrea, e quando Andrea si voltò per risponderle – dire che sí, era lí al secondo piano, se non ricordava male – ecco, un istante prima di risponderle, lo vide: alle spalle di lei. Sgranò gli occhi e non riuscí piú a parlare.

Il ritorno del figliol prodigo è un quadro enorme: due metri e mezzo di altezza per due di larghezza; una delle ultime opere di Rembrandt. Una luce serale illumina la scena:

il padre che accoglie, sotto lo sguardo severo del primogenito, il figlio minore, tornato a casa dopo aver sperperato la propria parte di eredità. Il figlio minore, fetale, s'inginocchia davanti al padre e il padre, occhi da cieco, si china dolorante su di lui, poggiandogli sulla schiena entrambe le mani: una maschile e una femminile. Il figlio maggiore è impietrito dalla rabbia e dalla gelosia. Ti ha tradito, pensa, ha desiderato la tua morte e tu, tu lo accogli con una dolcezza che a me non hai mai riservato; io che sono sempre stato al tuo fianco, io che ho sempre fatto quanto richiesto. Io che ti ho sempre servito fedelmente. Ma nessuno ascolta i suoi pensieri: non i personaggi sullo sfondo, non il padre, non il fratello; e tantomeno Andrea che non riesce a staccare gli occhi da quell'abbraccio e dalla luce che lo avvolge – dal desiderio di essere accolto cosí, perdonato cosí.

Sente il bisogno di sedersi, ma non ci sono né panche né sgabelli, cosí decide di usare il pavimento. Nemmeno il tempo di toccare terra e un addetto alla sicurezza, un afroamericano dai baffi folti e gli occhiali da presbite, si avvicina e gli s'inginocchia accanto. Tutto bene, signore? Si sente male?

Come?

Le ho chiesto se si sente male.

No. Sto bene.

Non può stare qui, signore, mi spiace.

Come?

Ho detto, non può sedersi per terra. Se ha bisogno trova delle panche laggiú.

Vorrei guardare... E indica il quadro con il dito.

Nessuno glielo impedisce, ma deve farlo in piedi, signore. Mi spiace.

Andrea annuisce ma non si alza; il peso del quadro negli occhi lo zavorra. L'addetto alla sicurezza lo prende da sotto le ascelle e lo solleva; lui lascia fare e ringrazia. Dice che se ha bisogno lo trova lí, vicino alla porta. Ha capito? chiede.

Sí, dice Andrea. E in effetti ha capito *porta* e *trova* e *bisogno* e mentre una porzione di cervello tenta di elaborare quell'informazione, di mettere insieme le parole, i suoi occhi, il corpo, sono di nuovo attratti dentro il dipinto – non verso, *dentro*. Scivola silenzioso sullo sfondo e si acquatta accanto alle altre figure, inservienti o uomini di fatica, raccoglitori. Si rannicchia dietro delle ceste in vimini che puzzano di cipolla. E da lí non si muove finché viene sera e lo stesso addetto afroamericano che lo ha costretto ad alzarsi da terra lo tocca sulla spalla per dire che, gli spiace, ma il museo sta chiudendo. Allora Andrea si solleva da dietro le ceste e in punta di piedi, senza farsi sentire dal padre o dai figli, esce dalla scena e torna alla sala.

Grazie per la pazienza, dice all'uomo al suo fianco.

Si figuri, signore, dice lui togliendosi gli occhiali per pulirli con il fazzoletto. Poi: Scusi se glielo chiedo ancora, signore. Ma è sicuro di stare bene?

Andrea si guarda attorno. Non credo, no. Forse ho bisogno di camminare.

Quella notte torna in albergo dopo aver passeggiato a lungo, ma dorme inquieto. Alcuni particolari del quadro gli si ripresentano alla mente in modo ossessivo e lui, incapace di eluderli, riesce a prendere sonno solo poco prima dell'alba. Avrebbe dovuto essere il suo personale giorno della memoria, quello. Voleva passare alla *Gondola*, il ristorante del Bronx dove aveva lavorato con Vincenzo molti anni prima, e poi ad Astoria dove abitava Dáire e dove aveva fatto l'amore piú spesso e piú a lungo di quanto, all'epoca, avesse mai pensato di poter fare. Ritrovare il posto sotto il Washington Bridge dove giocava a calcio con i lavapiatti uruguaiani e pranzare da *Katz's*, poi attraversare il ponte di Brooklyn, mandare un nuovo sms ad Agnese e dirle, finalmente, mi manchi – senza chiedersi se era vero.

Invece, quando trova la forza di alzarsi dal letto, scende a sud e prende la strada che, attraverso il parco, porta al Metropolitan Museum. Paga, entra, sale le scale, si dirige senza guardarsi attorno verso la sala dedicata a Rembrandt e davanti all'abbraccio si ferma. Per ore resta lí, non registra la gente che passa, che lo evita, il bambino che sbatte contro le sue gambe: il mondo attorno si muove rapido, le persone sono solo sbavature.

Certo che le piace parecchio questo quadro, signore. Da dietro le lenti da presbite, gli occhi scuri dell'addetto alla sicurezza lo scrutano con curiosità. E mi scusi se glielo dico. Ma non è facile trovare qualcuno che passi tutto 'sto tempo davanti a un quadro soltanto, sa? Ci sono quelli che vengono a copiare, ha presente?, con il taccuino e tutto. E poi gli studiosi che parlano ad alta voce. Gran parte della gente, a dire il vero, passa e basta. Lei invece se ne sta qui immobile a guardare e non disegna, non prende appunti e neppure fa smorfie o sorride...

Capisco cosa dice.

Già.

È qua da molto?

Ho attaccato alle nove.

No. Dicevo al Met, in generale.

Se ci lavoro da molto tempo?

Esatto.

Da dieci anni, signore.

Le piace?

Lavorare al Met? Certo che mi piace, signore. E lei?

Mi piacerebbe, sí, dice Andrea. Almeno credo.
No, intendevo: lei che lavoro fa?
L'insegnante.
Davvero? E cosa insegna?
Arte, disegno, cose cosí. Lei ha figli?
Tre, signore. Tutti alla Harris High School a Flushing, la migliore scuola pubblica del Queens. Non le dico cos'abbiamo dovuto fare per iscriverli... È italiano, vero?
Si sente?
Non sono mai stato in Italia. Forse i miei figli viaggeranno. Loro sí. Mio padre faceva il tassista, sa? E ha portato Domenico Modugno, nel '58. Ho tutti i suoi dischi a casa. Per questo ho capito che era italiano. Ma ora la sto importunando, le chiedo scusa.
No.
Torno al mio posto. Le auguro una buona giornata, signore.
Andrea ripete che no, non lo sta affatto disturbando, ma lui è già lontano. Si accorge che trascina il piede destro; non molto – come stesse pulendo la suola dal fango.
Si allontana dal quadro solo per mangiare qualcosa. Di pomeriggio va alla caffetteria sulla balconata, ordina una spremuta d'arancia e un caffè e mentre è lí che aspetta di essere servito arriva il quartetto d'archi, lo stesso del giorno prima, tre uomini e una donna. La donna avrà la sua età e Andrea intuisce degli occhi azzurri di una lucentezza sorprendente. Sistemano sedie e leggii, si accordano e cominciano a suonare. Potrebbe essere di nuovo Schubert, ma lui non lo sa. Gli piace la musica classica, ma non saprebbe attribuire un brano a un compositore. Due signori si alzano e prende il loro posto. Resta ad ascoltare il quartetto fino alla fine, una musica grassa e profumata come una zolla d'erba. Esce dal museo che è di nuovo notte.

Il giorno dopo è la copia del precedente; e quello dopo ancora, e quello dopo ancora. Prende sonno all'alba e intorno alle dieci lo svegliano la luce, il traffico e voci di ragazzini in cortile. Dopo colazione esce per camminare, rispettare il programma stabilito, ma appena intravede gli alberi di Central Park finisce sempre per svoltare e dal parco al Metropolitan è un attimo e a quel punto, quando si trova nei pressi del museo, c'è questa cosa, una specie di radiazione – cinque minuti, pensa, uno sguardo veloce.

Il quarto giorno l'addetto alla sicurezza gli porge uno sgabello.

Ehi, dice Andrea.

Ehi.

Non l'ho vista, ieri.

Giorno libero. Sono andato al mare con mio figlio minore, a Rockaway.

Andrea afferra lo sgabello osservandolo come ne vedesse uno per la prima volta. Non doveva, dice. Sicuro che non è un problema?

Be', in questi casi facciamo un'eccezione.

In quali casi?

Ad esempio, ecco, in caso di un'operazione come la sua, signore.

Quale operazione?

Quella alla schiena, dice guardandolo complice da sopra gli occhiali.

Dice sul serio?

Ora si sieda, però. E se le chiedono... è stato operato alla schiena.

Andrea, dice porgendogli la mano. Andrea Luna.

Walter Quinn, dice lui stringendola. Passi una buona giornata, signore.

Walter...

Sí?

Lei cosa ne pensa?

Di cosa?

Del *Figliol prodigo*.

È davvero un bel quadro, signore.

Andrea si siede, allunga le gambe. Sí, è davvero un bel quadro.

L'addetto fa per allontanarsi, ma Andrea lo richiama. Walter...

Sí?

Grazie.

Walter porta due dita alla fronte. È il benvenuto, signore.

Nel museo c'è il wi-fi gratuito, cosí, di tanto in tanto, Andrea controlla le mail, ma Vincenzo non ha ancora risposto. E neppure Agnese. Le ha scritto per dirle che tutto va bene, che sta riflettendo molto – aveva scritto *divertendo*, ma poi l'aveva cancellato, aveva scritto *riposando* e aveva cancellato anche quello – e che non vede l'ora di tornare per abbracciarla. Quando verso le tre di pomeriggio sente la musica del quartetto provenire dall'atrio si alza e va alla caffetteria portando con sé lo sgabello. Ordina un panino con il tonno e un bicchiere di acqua frizzante; si siede alle spalle della viola, la ragazza dagli occhi celesti – da vicino si è poi accorto che non sono azzurri, gli occhi, ma celesti, e che la ragazza deve avere qualche anno in meno di lui. Mastica a lungo ogni boccone, osservando gli scatti elettrici del collo che sottolineano le traiettorie dell'archetto. A fine giornata, prima di uscire, restituisce lo sgabello a una ragazza sovrappeso che ha preso il posto di Walter. Scatta una foto al quadro con il cellulare e la spedisce ad Agnese – non scrive nulla.

La mattina dell'ultimo giorno, ecco la mail di Vincenzo. Dice che è in Messico con la moglie per il matrimonio di un cugino di lei, si rammarica di non averlo potuto incontrare, lo sgrida per non averlo avvisato prima della sua venuta e rinnova l'invito ad andarlo a trovare in qualunque momento. Risponde che lo farà certamente, tornerà e lo avviserà in tempo; è stata davvero un'improvvisata, scrive.

Prepara la valigia e chiede al ragazzo alla reception se possono tenergliela. Il volo parte da Newark alle otto di sera: ha tutto il tempo di farsi un giro e di tornare a recuperarla.

È un giugno infantile, il vento che batte le strade strappa il cappello dalla testa della gente; l'aria luccica come se racchiudesse minuscole particelle d'acqua. Andrea scende verso sud per un paio di isolati, fermandosi a prendere un frullato alla banana da *Jamba Juice*, e gira sulla Centoventicinquesima per evitare di ritrovarsi, ancora una volta, al museo. Quella notte ha dormito. Ha preso sonno prima delle undici e ha aperto gli occhi alle nove, riposato. Facendosi la doccia, la sera prima, ha pensato che alla fine solo Agnese può accoglierlo con l'abbandono di cui ha bisogno. In fondo, pensa, non hanno torto, i suoceri, nel dire che si è nascosto dietro a parole come *vocazione*, ad affermazioni come *è ciò che so fare*, per evitare di fallire – persino di provare, di mettersi in discussione. Sotto la doccia, la sera prima, ha deciso che affronterà il problema con Agnese, l'affronteranno insieme. E per quanto riguarda i figli: se non potranno averne, li adotteranno.

Si ferma a curiosare tra le bancarelle che occupano il marciapiede: bigiotteria, compact disc contraffatti, foto di jazzisti al tempo della Harlem Renaissance, Barack Obama e Martin Luther King, Michael Jackson e James Brown, cappellini con il simbolo del Black Panther Party, profumi, scarpe, T-shirt psichedeliche. Un gruppo di autisti di radiotaxi si apre per farlo passare. Dove deve andare, signore? dicono spalancando la portiera dell'auto. Lui ringrazia e li supera. Raggiunge Amsterdam Avenue e sale sul bus. Un gruppo di ragazzini di un centro estivo, immersi nella lettura di un libro, ne occupano una parte, mentre due accompagnatrici sedano sul nascere ogni chiacchiericcio.

Scende in Greenwich Street. Raggiunge Battery Park. Ha appena superato la sfera che era nel piazzale del World Trade Center quando sente urlare. Una donna sta gridando il nome di qualcuno e chissà perché, forse per il tono, per il terrore che irradia, Andrea immagina sia quello del figlio. Un ragazzino di dodici, tredici anni le corre incontro, allarga le braccia e scuote la testa. La donna affonda le mani nei capelli e ricomincia a gridare. Il ragazzino corre via, salta sulle panchine, si getta a terra per scrutare tra le gambe della gente, ma sembra piú scocciato che preoccupato.

Il nome è Jonathan. Due poliziotti e altre persone si avvicinano alla donna che indica dove l'ha visto l'ultima volta; fa segno con la mano per dire quanto è alto e mostra una foto sul cellulare. A quel punto Andrea si fa avanti e da sopra le spalle di un anziano con il deambulatore getta un occhio all'immagine: una spiaggia, il mare dietro e in primo piano il sorriso euforico di un bambino di quattro o cinque anni che mostra una conchiglia.

La madre e un poliziotto si dirigono verso la fila di turisti in attesa d'imbarcarsi per Ellis Island, mentre il secondo agente parla alla radio tappandosi un orecchio. Il gruppo di persone si disperde e c'è chi riprende la propria strada e chi si unisce alle ricerche. Ci sono dei lavori in corso. Il nome del bambino viene divorato dalla fresatrice e dal martello pneumatico. Di tanto in tanto Andrea si volta verso la donna, che a tratti si dispera, le sembra di scorgerlo, sorride, si batte i pugni sulle gambe per sfogare la delusione, si gratta la testa come per i pidocchi.

C'è un giocoso affastellarsi di gabbiani lungo il pontile dove attraccano le barche che portano i turisti in giro per la baia: s'incalzano e si braccano, sfiorano l'acqua e riprendono quota. Il fratello maggiore, pur cercando Jonathan, si lascia attrarre da quella danza e di tanto in tanto interrompe la corsa per osservarli di nascosto. Perlustrando il parco, Andrea è giunto all'ingresso del terminal che collega Manhattan con Staten Island. Un traghetto si avvicina e un clown soffia bolle di sapone mostruose nella piazzetta antistante. Andrea supera la gente che applaude, in gran parte turisti orientali, ed entra nella hall. Un gruppo di Khaki Scout è seduto in cerchio, a gambe incrociate; c'è molta gente con la bicicletta al seguito; due fidanzati che si tengono stretti guardando ognuno un luogo lontano, oltre le vetrate che s'affacciano sull'acqua. E poco distante, le mani sui vetri, la testa inclinata, indifferente al caos delle partenze, eccolo, Jonathan, lo sguardo allacciato a qualcosa che, evidentemente, solo lui riesce a vedere.

Credo di averlo visto anch'io, una volta, dice Andrea, chinandoglisi accanto.

Cosa? dice il bambino, tenendo lo sguardo fisso davanti a sé.

Qualcosa cosí... dice Andrea. In grado di farmi scordare chi ero.

Io lo so chi sono.

E chi sei?

Jonathan.

Jonathan. Dici sul serio?

Sí.

Ma... sarai mica tu?

Chi?

Jonathan. Quel Jonathan che stanno cercando tutti, là fuori.

Il bambino sorride. Si strizza nelle spalle e mostra le mani come a dire che non lo sa se è proprio lui il Jonathan che stanno cercando là fuori, potrebbe.

Sai cosa farei fossi in te? sussurra Andrea.

Cosa? sussurra Jonathan, avvicinandosi per sentire meglio.

Andrei a controllare.

Lo segue a distanza mentre oltrepassa le porte scorrevoli ed esce nella luce accecante del mattino. Ora la madre è inginocchiata a terra tra le gambe della polizia e abbraccia il figlio piangendo. Il fratello maggiore, in piedi, è indeciso se rincorrere i gabbiani o prendere parte alla scena. Andrea pensa che ha lo sguardo di uno che, un giorno, prima o poi, potrebbe decidere anche lui di perdersi. Chissà. A quel punto fiorisce un applauso da qualche parte, forse per il clown.

Al check-in c'è poca gente, quindi se la sbriga in fretta e inoltre non ha valigie da imbarcare, solo il trolley. Per ingannare il tempo ha due libri da leggere. In Italia ha infilato in borsa una biografia di Rembrandt che ha sfogliato durante l'andata e tornando in albergo, quel pomeriggio, nella vetrina di una libreria ha notato un romanzo di Richard Ford, *Wildlife*, e ha capito che si trattava di *Incendi* perché in copertina c'era un bosco in fiamme riflesso nelle acque d'un fiume, ed essendo *Incendi* uno dei suoi libri preferiti e pensando di usarlo per togliere la ruggine all'inglese, lo ha comprato. In questo momento, però, Andrea non ha voglia di leggere né l'uno né l'altro, perché tra i pensieri gli si è infilato come un rumore di fondo che non riesce a isolare e che lo perseguita da quando ha lasciato Battery Park.

Sta leggendo il menu di una caffetteria chiedendosi se ha voglia di mangiare qualcosa quando qualcuno gli tocca la spalla. Ehi, Michael.

Andrea si volta.

Oh! Mi scusi. Pensavo...

Fossi Michael.

Da dietro è identico, glielo giuro. Quasi quasi le faccio una foto e gliela mando. A lui dico, a Michael, e ride.

È una donna. Andrea sposta lo sguardo dai suoi occhi al bagaglio, alla custodia dello strumento musicale. La viola del Met, dice.

Scusi?

Dico... Suona la viola in un quartetto d'archi, vero? È lei, ne sono certo. L'ho vista al Metropolitan.

La donna sgrana gli occhi che diventano una distesa di ghiaccio. Be', mi creda, dice, ma questa è la prima volta.

Cosa?

Che mi riconoscono cosí, come...

Come le persone famose.

Esatto. Come le persone famose.

Elisabeth, urla un uomo in fondo al corridoio.

Arrivo! Sono una celebrità, accidenti. Mi aspetteranno, no? Appoggia il dorso della mano alla fronte, atteggiandosi. Ride, ride ancora. Andrea pensa che ha una risata bellissima. Mi sa che però adesso devo proprio andare. Grazie per avermi riconosciuta. Ha reso la mia giornata indimenticabile, dico sul serio. La ricorderò per sempre.

Andrea la osserva correre via sulle punte, che donna meravigliosa. Controlla l'ora: è tempo di raggiungere il gate.

La gente è già in fila, ma lui preferisce sempre entrare per ultimo, cosí si siede. Prende dalla borsa il romanzo di Ford. Pensa che *Incendi* sia molto meglio di *Wildlife*. Riflettendo sulla storia, su ciò che il titolo suggerisce, sulle fiamme che avvampano nel rapporto tra i genitori di Joe, e tra loro e il figlio, fa scivolare lo sguardo lungo le vetrate che si affacciano sulla pista, e vede passare un gabbiano. Il gabbiano lo riporta per un istante a Battery Park. Alla fuga del piccolo Jonathan e a suo fratello. Pensa che a lui non è mai capitato di perdersi. I suoi genitori lo ripetevano spesso agli amici quando, durante le cene, parlavano di figli. Andrea è affidabile, dicevano. Non è il bambino che si distrae, che si perde in spiaggia o alla fiera.

Ed è cosí che accade.

Il tempo si ripiega su sé stesso come un origami, provocandogli un profondo senso di nausea, e in testa gli si apre un buco che diventa sempre piú grande, sempre piú profondo, e dal quale, tutto d'un tratto, emerge un brandello di consapevolezza lucido come un diamante. Io sono il figlio maggiore, pensa.

Al gate non c'è piú nessuno da imbarcare. Due turisti scandinavi, marito e moglie, arrivano di corsa e a lei nella fretta cadono di tasca i biglietti. Chiedono scusa e scherzano con gli addetti all'imbarco, dicono che è colpa di un hamburger – un'ordinazione sbagliata. Intanto, un aereo della Turkish Airlines atterra sulla pista illuminata dalla luce radente.

Deve alzarsi, Andrea: trascinare il trolley, mostrare il biglietto, prendere posto.

Da anni, vago incapace di realizzare il mio destino con la pienezza che desidero e che mi è dovuta, si è ripetuto davanti al dipinto di Rembrandt, spiando l'abbraccio di quel padre misericordioso e sentendosi autorizzato a identificarsi con il figlio minore. Ma non è cosí. Perché non è vero che *vaga* da anni, lui. Anzi, lui è rimasto a casa. Ha fatto tutto quello che doveva fare. Tutto quello che i suoi genitori, morti in un incidente aereo al largo delle isole Comore quando aveva diciannove anni, avrebbero voluto facesse. Ho fatto tutto quello che dovevo fare e in cambio non ho ricevuto nulla, pensa – non il lavoro che volevo, non un figlio, e tantomeno un capretto per far festa. Io non sono il figlio prodigo. No, lui non è il figliol prodigo. Lui è quello incazzato perché c'è chi ha fatto meno e ricevuto di piú. Quello invidioso. Quello che forse avrebbe fatto bene a *perdersi* una volta nella vita, almeno una, a scartare di lato e a giocarsela con l'imprevisto, al posto di macerare nell'ideale della santità.

Questo pensa. E il pensiero lo paralizza.

Sente un nome all'altoparlante. Il suo. Andrea Luna, mister Andrea Luna. Lo stanno chiamando e a chiamarlo è la ragazza con la frangetta nera davanti a lui. Si guardano. Dice che mister Andrea Luna deve presentarsi al gate per l'imbarco, immediatamente.

Una volta, pensa, da bambino, con degli amici, ha dato fuoco a un formicaio. Non è piú riuscito a togliersi dalla testa il brulicare degli insetti in fuga; sembrava urlassero, ma nessuno poteva sentirli. Poi ricorda di aver osservato al microscopio un campione di pelle quand'era al liceo, e ne ricorda le venature, come le foto aeree degli svincoli autostradali. La voce ripete che Andrea Luna deve presentarsi all'imbarco; lo ripete diverse volte, anche in italiano. La ragazza sposta il microfono, alza le mani al cielo e scuote la testa. Spia il corridoio d'ingresso, controlla l'orologio. L'uomo accanto a lei parla al telefono, copre la bocca e la cornetta con la mano e ride. Un bambino corre con un palloncino rosso stretto al petto.

Al gate vicino è arrivato un aereo dal Portogallo. I passeggeri defluiscono. Una squadra di rugby esce cantando una canzone. Andrea riconosce *tá bem*, la parola *igreja*. Andrea Luna, ultima chiamata. Una ragazza ha scordato qualcosa sull'aereo e dice: Scusate, chiedo scusa – Andrea Luna, mister Andrea Luna – mentre cerca di farsi strada tra i giocatori di rugby per risalirvi. Andrea Luna. Ma un uomo se n'è accorto e l'ha preso. È un notebook arancione con minuscoli adesivi perlacei. Grazie, fa lei, euforica. Grazie, grazie davvero. Andrea Luna. E lo bacia su una guancia.

Bryant Park è disseminato di sedie e tavolini. È notte fonda, ma ci sono molti giovani che chiacchierano, e drappelli di turisti che mangiano, bevono e controllano sugli schermi le immagini catturate nel corso della giornata. In Italia sono le otto di sabato mattina. Agnese starà ancora dormendo, pensa. Sarebbe andata a prenderlo all'arrivo? Non lo sa. Forse. Forse gli sarebbe corsa incontro, l'avrebbe abbracciato. Forse aveva bisogno lei, tanto quanto lui, di far crescere il bisogno di ritrovarsi. O forse no.

Scrive un breve messaggio in cui dice che non è partito, si ferma un'altra settimana a New York e le spiegherà tutto al ritorno; se desidera può chiamarlo quando vuole.

Deve decidere cosa fare, cercare un albergo, ma d'un tratto si ricorda di quando, con Dáire, andavano a vedere l'alba dal Washington Bridge, e vuoi per lo stupore che prova ripensando al proprio gesto, vuoi per la vertigine delle conseguenze, o forse per l'euforia che sempre si respira a Midtown, Andrea non ha sonno – si sente leggero, come brillo.

Il primo vagone della metropolitana su cui sale è occupato da un barbone che emana un odore rancido, alcol e urina; alla fermata dopo scende e si sposta in quello accanto. C'è una famiglia afroamericana: madre, padre, figli. Due sono gemelli, uno è nel passeggino, il quarto preadolescente; mangiano pescando patatine e hamburger da tre diversi sacchetti del McDonald's. La madre lotta per non dormire, il ragazzino ascolta la musica con le cuffie; il bambino nel passeggino ha l'aria malata e il padre gli accarezza i capelli senza staccargli gli occhi di dosso. Qualche sedile piú in là uno studente con la felpa della Nyu, il viso scottato dal sole, legge una rivista di vela. Andrea scende a Washington Heights. Per strada nessuno, l'unico rumore è quello del trolley. Si arrampica sul ponte percorrendo la scala pedonale. Gli alberi di Riverside Park coprono la parte nord di Manhattan dando l'impressione che l'Upper West sgorghi direttamente dai boschi. Da lí in poi, sono miriadi di luci.

Mancano ancora un paio d'ore all'alba. Andrea si siede per terra, poggia la testa contro una barra di metallo, il trolley sotto il gomito, e chiude gli occhi. In quel momento il cellulare emette uno scampanellio. Fa' cosa vuoi, dice il messaggio. Andrea sfiora il telefono con le labbra, lo infila in tasca e senza rendersene conto scivola nel sonno.

È addormentato quando il cielo sopra di lui inizia a fare le capriole tra i colori.

Trova una camera in un ostello. Non vuole tornare nello stesso albergo: teme di dover spiegare. Dall'ostello prenota un volo per il venerdí successivo. Altri sei giorni da passare lí. Può andare ancora al museo, può camminare. E infatti cammina, ma con suo grande stupore non è piú attratto dal dipinto, non è piú quella la priorità. Pensava avrebbe prevalso in lui il desiderio di osservarlo partendo dalla nuova consapevolezza, dal nuovo ruolo che avrebbe recitato nella scena – e invece no. Ha la mente sgombra e solo il ritmo dei passi, il mantra urbano, riesce a conferire all'evanescenza del pensiero un senso di gratificante interezza.

Passeggiare senza meta lo appaga. Non importa la direzione, cosí come non importa che sia giorno o notte, anche se a dirla tutta preferisce i passaggi – alba e tramonto – o il buio piuttosto, il riverbero delle luci elettriche, mentre nelle ore centrali della giornata gli piace sdraiarsi sotto un albero, in Central Park, e dormire. Un pomeriggio, a tre giorni dalla nuova partenza, vede un falco planare e attaccare le oche del Reservoir. La presenza del falco in città, la crudeltà e la naturalezza del gesto, lo attrae tanto che esplora il parco per diverse ore nella speranza di rivederlo.

Quando il venerdí pomeriggio si ritrova seduto nell'area partenze del JFK non saprebbe neppure dire come ci è arrivato.

Ricorda di aver riempito la borsa, di aver pagato l'ostello con la carta di credito e di essere salito su una metropolitana, ma non è certo di aver controllato che la tratta fosse quella giusta, non ricorda di essere sceso per poi salire sull'AirTrain a Howard Beach e di aver fatto il check-in. Riflette su quello che gli dirà Agnese. Lo accuserà di aver sprecato altri soldi per un'ulteriore, *ingiustificata* settimana di vacanza. Non si informerà su come ha trascorso le giornate, non vorrà sapere a cosa ha pensato e cosa ha capito, perché darà per scontato che lui non abbia fatto altro che rilassarsi mentre lei sgobbava tra consulenze, riunioni e terapie; e ironizzerà che ora davanti a lui si aprono due mesi di nulla, essendo estate, mentre lei, se tutto va bene, riuscirà a ritagliarsi qualche giorno a Ferragosto.

Mentre si avvia al gate numero sette incrocia un uomo che gli ricorda suo padre: lo stesso portamento, le stesse spalle. Un giorno, portandolo a pesca, suo padre aveva detto che l'avrebbe aiutato a lavare via ogni colpa dalle mani, ecco cosa. Poi però era morto prima che Andrea trovasse il coraggio di chiedergli quali fossero le colpe in questione e ora come ora non saprebbe dire a cosa si riferiva. Era uno cosí, suo padre. Lui e sua madre erano cresciuti insieme nei cortili della parrocchia di Sant'Andrea Arcangelo, si erano conosciuti bambini, si erano innamorati e si erano sposati; motivo per cui avevano chiamato il loro primo figlio – che speravano fosse il primo di molti – Andrea. Ma avuto Andrea, il ventre di Rebecca s'era seccato. Il Signore, come avrebbero continuato a lungo a ripetersi, aveva altri progetti e con il trascorrere del tempo se n'erano fatta una ragione. In fondo, Andrea era il bambino che avevano desiderato, e allevato ed educato con l'immaginazione prima ancora di vederlo: cresceva in silenzio, senza disturbare, amato da tutti. D'indole gentile e altruista, era per natura portato alla condivisione – meno alla relazione. Amava osservare le cose dall'alto e da lontano: l'intersecarsi delle geometrie urbane dal balcone di casa; le valli e i crinali dalle terrazze dei rifugi alpini che frequentava con i gruppi parrocchiali; lo sfarinarsi delle Eolie dal promontorio di Milazzo, dove con i genitori andava in campeggio. Avendo un figlio solo cui badare, e per di piú un figlio di facile gestione, i due avevano scelto di lasciare i loro impieghi – direttrice amministrativa di una biblioteca lei, impiegato presso un'azienda di prodotti chimici lui – per dedicarsi al commercio solidale. Erano in viaggio per visitare una cooperativa quando l'aereo era caduto nell'oceano Indiano.

Fuori dall'aeroporto fa caldo, dentro c'è l'aria condizionata e chi ha i sandali muove le dita dei piedi per scaldarli. Un monaco buddista, saio arancione, mangia il riso pescandolo con le bacchette da un contenitore di plastica. Un bambino con la sindrome di Down gli gira attorno per spiarlo e scappa via ridendo quando il monaco strizza l'occhio per salutarlo. Il volo di Andrea – primo scalo: Madrid – inizia a imbarcare. La gente si alza dalle poltrone, lui tira fuori la copia di *Wildlife* acquistata la settimana prima e che non ha mai piú aperto e comincia a leggere. Il padre di Joe, il protagonista sedicenne, la voce narrante, parte per andare a spegnere degli incendi mentre la gente sale sull'aereo e il gate si svuota. La madre di Joe s'innamora di un certo Warren Miller mentre gli addetti cominciano a chiamare il suo nome. Joe, intanto, osserva le fratture che nell'estate del 1960 a Great Falls, Montana, si creano nella materia di cui è composta la sua famiglia, mentre la voce scandisce Andrea Luna pronunciando L*iu*na il cognome. L*iu*na, mister Andrea L*iu*na, ripete. Andrea L*iu*na è pregato di presentarsi immediatamente al gate numero sette.

Che cazzo stai facendo? La voce di Agnese, polverosa, esplode senza che lui riesca a dire *pronto*.

Ha cambiato ostello, ne ha trovato uno piú economico a Brooklyn. Ad Agnese, quel pomeriggio, aspettando la metropolitana per tornare in città, ha mandato lo stesso identico messaggio della volta precedente: non ho preso l'aereo, resto ancora una settimana, ti spiego tutto al ritorno. Ma in Italia stavano dormendo, Agnese avrebbe visto il messaggio la mattina dopo. E infatti è da poco passata l'una di notte e Andrea, seduto sulla scala antincendio, sta guardando le luci delle macchine sfrecciare lungo la Gowanus Expressway, quando squilla il cellulare.

Me lo vuoi dire che cazzo ti passa per il cervello?

Andrea pensa non sia una cattiva domanda.

Allora?

Non saprei.

E forse è la parola oppure il tempo verbale; forse è il tono con cui lo dice, la calma serafica, la leggerezza, la noncuranza. Sarà quel che sarà, ma sta di fatto che Agnese resta in silenzio per alcuni istanti nei quali le luci delle automobili lungo la Expressway si diradano e Andrea ha l'impressione che l'intero sobborgo trattenga il respiro, poi esplode in una risata che è un gemito d'insofferenza e incredulità. Dice: Vuoi ripetere, per favore?

Non sono certo di sapere cosa sto facendo. Vorrei potertelo dire, avere qualche scusa complessa, elegante, da sottoporre al tuo giudizio, ma la verità, ecco, la verità è che non ce l'ho. Ciò che posso dirti è che ho prenotato un nuovo aereo per giovedí.

Tu sei pazzo.

Credo che...

Non me ne frega un cazzo di cosa credi, Andrea. Hai buttato via due biglietti aerei, dico *due* biglietti aerei da New York, e non sai perché l'hai fatto? Ma ti ascolti? Stai franando, cazzo.

Può darsi.

Può darsi?

Può darsi, dice Andrea. Tu come stai?

Io... io devo andare, Andrea. Devo farmi la doccia, salire in macchina, cominciare la giornata.

Parto giovedí. Te lo prometto.

...

Pronto?

Una sirena risuona nella notte. Si sentono rumori nel corridoio, risate. La luce si accende nella camera accanto alla scala antincendio e una ragazza sporge la testa dalla finestra. È molto giovane, non avrà piú di vent'anni. Vede Andrea. Ehi!

Ehi! dice Andrea.

Hai una sigaretta?

No.

Ne vuoi una? dice mostrando un pacchetto.

Perché hai chiesto se avevo una sigaretta, se le hai?

Estrae dalla tasca un accendino, la fiamma le illumina il viso; ha la pelle scura e gli occhi neri e golosi. Non sei granché spiritoso, vero? Da dove vieni?

Tu?

Portland, Oregon. Secondo me sei greco...

Devo prenderla sul serio o è un altro scherzo?

No, sono seria. Di dove sei?

Bielorussia, fa Andrea.

Davvero?

Scoppia a ridere. No, certo che no. Ti sembro bielorusso?

Le maniche della camicia della ragazza sono strappate, ha spalle da nuotatrice e un graffio coperto da un cerotto. Da dietro sbuca un'amica. E lui chi è?

Sto cercando di capirlo.

Mi chiamo Andrea. Sono italiano.

Non credergli, dice la prima ragazza.

Perché? chiede la seconda.

Bah! Dice un sacco di cazzate.

Siete sorelle? fa Andrea.

Sorelle? dicono in coro. La prima, dal gran ridere, batte la testa contro l'infisso della finestra. Cosa te lo fa pensare? chiede la seconda. Ha il naso sporgente, indossa una maglia a righe e una quantità di collanine colorate. Pensi che ci somigliamo? E dicendolo, subito dopo scompare all'interno, come non fosse stata una domanda, quella.

Andrea forma una cornice rettangolare con le dita e inquadra la prima ragazza che sta ancora fumando. Forse è la forma del cranio, la mascella...

La ragazza lo imita e fa la stessa cornice con le dita, chiude un occhio, la sigaretta appesa alle labbra. I capelli, biascica. La fronte, le orecchie. Poi lo inquadra fra le gambe. O forse qualcos'altro. Vuoi uscire con noi, amico greco bielorusso italiano?

Sono quasi le due di notte, fa lui. Pensavo foste di ritorno.

Andata, ritorno... dice la ragazza. Chi può dirlo? E che differenza fa? Alza il mento e soffia il fumo della sigaretta. Fuori la pioggia è scesa scura e lenta, recita calcando la voce, mentre riflettevo su questo pericoloso ma irresistibile passatempo...

Andrea corruga la fronte. Allen Ginsberg? chiede.

Pink Floyd, fa lei.

Si sveglia che è giorno fatto, illuminato da una macchia violenta di sole che si allarga sul letto e sull'armadio mangiato dalle tarme, e come prima cosa pensa che avrebbe fatto meglio a non uscire con Rita e Unique. Unique non è il suo vero nome, si chiama Claire; ha cominciato a farsi chiamare Unique quando a sedici anni ha fondato con delle amiche un gruppo indie-rock dove suonava il basso e il nome le è rimasto appiccicato. Non avrebbe dovuto uscire non tanto perché, come potrebbe pensare qualcuno, non è piú in grado di reggere serate come quelle, ma perché non è *mai* stato in grado di reggere serate come quelle – figuriamoci ora. Le ha seguite in un locale di Bushwick e ha offerto da bere, c'erano due ragazzini che suonavano cover dei Pet Shop Boys e le ragazze hanno ballato, le mani alte sopra la testa. Lui è rimasto seduto a guardarle. Poi qualcuno ha fatto girare della marijuana e Unique l'ha obbligato a fumare – non ricorda esattamente come ci sia riuscita – e alla fine sono andati a Red Hook a lanciare sassi da un pontile in direzione della Statua della Libertà, scommettendo su chi sarebbe riuscito a raggiungerla.

Si fa la doccia e si veste, esce a fare colazione. Con il caffè in mano si trascina fino a Prospect Park. Intorno a mezzogiorno il caldo diventa soffocante, cosí decide di saltare sulla metro e raggiungere l'aria condizionata del Metropolitan. Arrivato, indossata la spilletta che dànno ai visitatori, sale al secondo piano e sulle scale incontra Walter.

Ehi! Walter.

Signore! È ancora qui? Pensavo fosse partito.

Dovevo, sí. Ho avuto un contrattempo. Insomma, qui tutto bene? Il mio Rembrandt è sempre al suo posto?

Il *suo* Rembrandt, signore, è lí che l'aspetta.

Ottimo. Passo a salutarlo.

Avrei giusto uno sgabello in magazzino, signore, dice Walter alzando la voce. Viste le sue condizioni credo di essere autorizzato a prenderlo.

Ti ringrazio infinitamente, risponde Andrea, portando una mano alla schiena e arricciando le labbra.

Eccolo lí. Il padre e i figli, l'abbraccio e la rabbia, il rimorso e il perdono. La gelosia. Arriva Walter con lo sgabello. Andrea s'intrufola nel dipinto acquattandosi nel buio, dietro i servi. Da lí si sporge per osservare il fratello maggiore, sulla destra, nobile nel portamento, impettito e astioso, lo guarda in faccia con attenzione per la prima volta, e non vede riflesso solo sé stesso, in lui, ma tutti quei figli illusi da genitori che per anni hanno detto che seguire il loro esempio era la cosa migliore perché l'universo era in espansione: avrebbero avuto quanto spettava loro, quanto meritavano, avrebbero reso il pianeta un luogo migliore, e che no, non era la rivoluzione, la strada, e neppure il dissenso o la sfida, la strada era la moderazione, il compromesso – dovevano solo aver fiducia.

Quando Walter gli mette una mano sulla spalla è come se lo stesse svegliando.

Ho dieci minuti di pausa, signore. Mi chiedevo se posso offrirle un caffè.

E se il caffè lo offrissi io, Walter? dice tirandosi in piedi. Lo porto con me? Indica lo sgabello.

Si siedono a un tavolino della caffetteria; Walter arriva con due espressi. Mio padre faceva il migliore espresso del quartiere, lo sa? Era innamorato dell'Italia, lui. Innamorato. Da quando aveva conosciuto Modugno. Gliel'ho già raccontato che mio padre aveva portato Modugno sul suo taxi?

Tu cosa dici ai suoi figli, Walter?

Scusi, signore?

Per prepararli al futuro, intendo. Che gli dici?

Walter ci pensa, sorseggia, si pulisce le labbra. Quando avevo otto o nove anni, dice, mio zio mi prese da parte. Disse che doveva parlarmi. Roba *importante*. Ora, io lo adoravo mio zio, signore. Mia madre era morta affogata quando ne avevo undici e io e mio padre eravamo rimasti soli, finché un giorno mio zio era arrivato dall'Oregon con una valigia e si era piazzato da noi. Due uomini e un bambino in un minuscolo appartamento di Harlem. Fuori battevano, si sparavano, mio padre faceva l'autista per certa gente ricca dell'East Side ed era per strada quasi tutto il giorno. E mio zio, che avrebbe voluto scrivere...

Scrivere?

Romanzi, signore. Aveva questa mente piena di storie, ha presente? Non so da dove gli venissero, fatto sta che ogni sera, per farmi addormentare, ne tirava fuori una diversa: una piú folle dell'altra. Scriveva a mano su dei taccuini. E un giorno mi dice che deve parlarmi cosí usciamo e andiamo al parco. E c'era questo sole accecante e, ricordo, c'infiliamo all'ombra di un grande albero sul quale di solito mi arrampicavo, e lui dice: è un po' di tempo che ti sto osservando, Wally. Ha la faccia seria. È un po' di tempo che ti sto osservando e sono giunto a una conclusione: tu sei una persona speciale e nella vita potrai fare qualsiasi cosa, qualsiasi. Basta che tu lo voglia. Io, ricordo, lo guardavo con tanto d'occhi. Ha presente, signore? Lui era il mio *eroe*. Se c'era una persona al mondo che consideravo speciale, era mio zio. Ero convinto che *lui* sarebbe stato in grado di fare qualsiasi cosa e lui ora diceva a me che *io* sarei potuto diventare qualunque cosa avrei voluto. Era una specie di battesimo, signore, se capisce quello che voglio dire...

Un'investitura...

Esattamente, signore. Quello. Mancava solo la spada, il mantello e che mi chiedesse d'inginocchiarmi. Cominciai a pensare a cos'avrei voluto fare nella vita, insomma, per cominciare a darci dentro, no? Decisi che volevo fare il medico. E studiai, studiai come un disperato per tutti gli anni in cui mi fu possibile andare a scuola, perché poi venne l'ora di iscriversi al college e mio padre i soldi per mandarmi al college non li aveva. Feci domanda per le borse di studio, ma non ne ottenni nessuna. Be', piansi tutte le mie lacrime, finché un amico di famiglia, Bernard Koil, un amico davvero, mi chiese se volevo aiutarlo in officina e cominciai a lavorare. E da allora non ho piú smesso.

Tuo zio?

Oh, lui a quel punto non c'era piú. Era andato via. Aveva tentato di pubblicare le sue storie senza riuscirci. Trovò il modo di scrivere su un quotidiano del Kansas, ma non divenne mai un giornalista vero; se capisce cosa intendo, signore. Faceva fatica ad andare avanti, cosí cominciò a bere, a fumare. È morto d'infarto che non aveva ancora cinquant'anni.

Mi dispiace.

Già. Perciò: cosa dico ai miei figli, signore? Scusi la schiettezza, ma ai miei figli non dico un cazzo. Mi alzo ogni giorno e vengo al lavoro e, se rimango senza, vado a cercarlo. In casa mia non è mai entrato alcol e ho smesso di fumare quando mia moglie era incinta di George. I miei figli faranno quello che potranno, quello che la vita gli offrirà. Ciò che posso mostrargli è *come*. Come fare le cose, come alzarsi e andare incontro al giorno che ogni mattina Dio ci srotola di fronte quando il primo sole illumina i tetti delle case, di chiunque siano quelle case. Non ho molta fiducia nelle parole, signore. L'esempio, quello sí.

Il giovedí della partenza, Andrea viene svegliato da un furioso acquazzone. Si alza e va alla finestra: i fulmini disegnano reticoli elettrici sopra Brooklyn. Torna a dormire e quando si sveglia è sudato fradicio, perché è uscito il sole e l'aria è intrisa dell'umido che evapora dalle strade. A mezzogiorno, al check-out, dopo che il ragazzo della reception ha inserito i dati della carta di credito si sente dire: Non funziona.

Scusi?

Non funziona.

Cosa?

La carta. La transazione è rifiutata. A volte succede. Ne ha un'altra?

Un'altra carta? No, ho solo quella. Ho il bancomat, ma posso ritirare duecento dollari al giorno. Eppure l'ho usata ieri e funzionava. Non può riprovare, per favore?

Il ragazzo lavora sulla tastiera, studia lo schermo, scuote la testa. Sono mortificato. Ha un numero da chiamare? Può usare il nostro telefono.

Non c'è problema, dice lui. Cerca il numero verde sul cellulare e una voce femminile dall'accento slavo, dopo averlo lasciato in attesa, dopo aver chiesto un riscontro della data di nascita e dell'indirizzo, gli comunica che la carta di credito risulta rubata, il furto denunciato e la carta bloccata.

Io non ho denunciato nessun furto.

Lei ha il conto in comune con la signora Agnese Ardenzi, dico bene?

Sí. Mia moglie.

È stata lei a denunciare il furto della carta. E del bancomat.

Scusi?

Agnese Ardenzi. Ha denunciato il furto della carta di credito e del bancomat.

Mia moglie?

Agnese Ardenzi è sua moglie?

Sí, ma... Senta, il fatto è che c'è un errore. Sono a New York e devo pagare il conto dell'ostello e ho l'aereo che parte. Non è possibile annullare la denuncia? Carta e bancomat sono qui, qui con me. Li ho in mano in questo momento.

Mi spiace signore. Quando una carta viene bloccata non è possibile riattivarla. Deve recarsi presso una delle nostre filiali e chiederne una nuova.

Cittadino, problemi in Bielorussia?

Andrea si volta, con gli occhi fa segno a Unique che non è il momento. Dev'esserci una soluzione, dice rivolto al ragazzo.

Ma no, a quanto pare una soluzione non c'è.

Non ci posso credere.

Unique gli si avvicina. Rita esce dall'ascensore ansimando dietro due valigie e quasi inciampa. Dice: Potresti anche aiutarmi, stronza. Unique non le dà retta e gioca con i bottoni della camicia di Andrea. Possiamo fare qualcosa?

Cosa?

Ti servono dei soldi?

Non mi servono dei soldi, no.

Allora cosa?

Unique, ti prego... Andrea si allontana e compone il numero di Agnese.

Agnese risponde al primo squillo. Immagino tu abbia qualcosa da pagare, dice.

Cosa ti è saltato in mente?

Un piccolo incentivo, Andrea. Niente soldi, niente posticipi. Devi pagare l'albergo?

Sí.

Passami la reception, ci penso io.

...

Pago con la mia carta, Andrea. Tu devi solo prendere la borsa, andare all'aeroporto e salire su quel cazzo di aereo. Pensi di farcela?

...

Andrea. Pensi di farcela?

Sí.

Passami la reception.

Unique e Rita stanno finendo di saldare il conto. Andrea chiede scusa e porge il cellulare al ragazzo che si presenta con tono professionale e annuisce, digita sulla tastiera. Rita chiede cos'è successo. Andrea racconta. Si sente umiliato, ecco cosa. Offeso e umiliato. Solleva gli occhi da terra e rivolge uno sguardo al ragazzo, lui ricambia e sulle labbra gli si dipinge un sorrisetto ironico.

Che stronza, dice Unique. Perché non la mandi a cagare?

Il ragazzo restituisce il cellulare. Tutto a posto, dice. Nella sua voce Andrea è certo di riconoscere un'ombra di disprezzo.

Vieni con noi? dice Rita.

Io? Io devo andare all'aeroporto. Dove andate?

Ci stiamo trasferendo da una mia compagna di scuola...

No, devo proprio andare, mi spiace. Grazie di tutto.

Non abbiamo fatto un cazzo, dice Unique.

Mi ha fatto piacere conoscervi, ecco. Insomma, grazie della compagnia.

Unique raccoglie da terra la borsa. Se dovesse servirti, 133 Pitt Street, Lower East. Il nome sul campanello è Lowe. Stai bene, cittadino... Quindi piroetta su sé stessa ed evapora nella luce seducente del giorno, seguita da Rita che trascina le valigie imprecando.

Al check-in hanno dei problemi con i computer, c'è una coda lunghissima e la gente è spazientita; un bambino piange e nonostante la madre faccia di tutto per intrattenerlo sembra inconsolabile. Quando alla fine raggiunge il gate non c'è posto per sedersi, cosí decide di mettersi ai tavolini dello Starbucks. Apre il libro di Ford, ma non riesce a concentrarsi. Un camion dei pompieri va a sbattere contro il suo piede; lo raccoglie. Un bambino di otto, nove anni gli corre incontro. Ha i capelli evanescenti, il viso cosparso di lentiggini, indossa una camicia a quadretti azzurri e una giacchetta celeste, pantaloncini corti e sandali.

Potrebbe ridarmelo, per favore? dice in un inglese dal forte accento francese.

È tuo?

Sí.

Come faccio a sapere che è davvero tuo?

Il bambino è immobile, inespressivo. Andrea si accorge

che sta riflettendo solo a causa di un impercettibile movimento delle palpebre. Perché sono l'unico qui che glielo sta chiedendo, dice d'un tratto. Non fosse mio non sarei qui, e al mio posto ci sarebbe qualcun altro.

Come ti chiami?

Quetzalcóatl.

Come?

Quetzalcóatl.

Non ci credo.

Be', non è il nome che mi hanno dato i miei genitori, ma è quello che mi sono scelto.

E quello che ti hanno dato i tuoi genitori, com'è? Molto brutto?

Non posso dirtelo.

Perché?

Perché quando ho scelto il nome nuovo ho promesso di dimenticare il vecchio e ora non posso piú pronunciarlo.

I tuoi genitori sono d'accordo?

Loro non lo sanno. Glielo dirò quando li vedo.

Non sei con loro, adesso?

Fa no con la testa, dice: Con mia nonna. Siamo andati in Messico a visitare le piramidi. I miei genitori vivono a Bruxelles. Anch'io vivo a Bruxelles. Mia nonna sta a New York, ma trascorre molto tempo con noi. A Bruxelles sarò l'unico a chiamarsi cosí.

Non ho dubbi. Ma perché Quetzalcóatl?

Può morire e risorgere.

Mi scusi. Emanuel la sta disturbando? Quella che Andrea suppone essere la nonna è una signora distinta, elegante in modo antico e raffinato, vestita di lino color cannella e con una pesante collana di pietre verdi, la cui età è raccontata dalle mani, dalla pelle delle braccia e del mento, e allo stesso tempo smentita dagli occhi e dalla voce. Lo fa spesso di attaccar bottone con gli estranei, dice rivolgendo al nipote uno sguardo affettuoso. Anche in modo inopportuno.

No, dice Andrea. È colpa mia, l'ho trattenuto con le mie domande. Anzi. Mi stava raccontando del vostro viaggio in Messico, di Quetzalcóatl.

Sí, è rimasto molto colpito dalla storia di quel dio. E ancora di piú dai disegni che lo rappresentano. Vero, Emanuel?

Un serpente piumato, dice lui. Nonna...

Sí?

Posso prendere il gelato, adesso?

La nonna guarda l'orologio. Direi di sí, Emanuel. Hai ancora il resto di oggi, vero? Il resto del giornale.

Il bambino s'illumina e fugge via. Andrea lo segue zigzagare tra la gente: ha una corsa goffa ma morbida, sembra che non tocchi terra.

Bello che viaggiate insieme, dice Andrea. Solo voi due, intendo. È raro. Avrete molto da imparare l'uno dall'altra.

Ciò che dice è vero. Solo vorrei fosse una scelta e non un obbligo. Purtroppo, sospira, da quando mia figlia e suo marito sono morti, non ha che me.

Andrea drizza la schiena. I genitori di Emanuel?

Un incidente d'auto, tre anni fa. Spero di vivere abbastanza. Abbastanza a lungo da vederlo iscriversi all'università. Poi, a quel punto, se la caverà da solo. Ora però è meglio che vada a controllare, dice delicata. Non si sa mai dove possa finire, Emanuel, quando allento il guinzaglio. E scoppia a ridere, con una risata cristallina che si rifrange nelle pietre verdi che porta al collo e le illumina gli occhi ingenui.

Si salutano, si augurano buon viaggio. Solo una decina di minuti dopo, quando fa per alzarsi e avviarsi al gate,

Andrea si accorge di non avere restituito a Emanuel il camion dei pompieri. Parlando l'ha messo in equilibrio sul trolley e lí è rimasto. Manca ancora mezz'ora all'inizio dell'imbarco, cosí decide di andare a cercarli. Camminando si fa scorrere il camion sul petto, poi lo solleva e lascia che le ruote girino a vuoto. Pensa a dov'è che ha già visto un camion dei pompieri simile a quello e gli torna in mente Aun-Liang. Percorre il corridoio su cui s'affacciano i gate, ma non li vede; getta un occhio dentro i negozi, ai tavolini delle caffetterie, ma nulla. Poi si ricorda che Emanuel ha parlato di Bruxelles. Su uno dei tabelloni cerca i voli in partenza, ma per Bruxelles non ce ne sono. Forse fanno scalo a Francoforte, pensa. O a Parigi. Ci sono tre aerei in partenza per quelle destinazioni nelle prossime ore: di uno il gate non è ancora stato assegnato, degli altri due sí. Li memorizza, li raggiunge. Ma niente. Non possono essere già partiti, pensa. E non posso portarmi via il camion. Pensa che forse sono andati in bagno mentre lui controllava il gate in cui avrebbero dovuto trovarsi e che quindi potrebbero averlo raggiunto subito dopo, mancandosi per un soffio – a volte è cosí che succede. Perciò, il camion a mezz'aria, come volasse, facendolo scorrere sui muri e sui vetri dei negozi, Andrea riprende ossessivamente a esplorare l'aeroporto, perché tutti, pensa, tutti abbiamo bisogno di qualcuno che ci restituisca ciò che abbiamo perso, e soffermandosi a riflettere, in quel luogo intessuto di transiti, sulla caducità dell'esistenza, sulla corruttibilità della materia e sulla vanità, preso dalla ricerca di un bambino che vorrebbe risorgere, non si accorge del nome diffuso dall'altoparlante, il nome che una voce femminile, elegante, ripete piú e piú volte: mister Andrea L*iu*na, mister Andrea L*iu*na, mister Andrea L*iu*na.

4.

Cosí, alla fine, rientra di nuovo dall'aeroporto, cammina fino a non sentire piú né i piedi né le gambe, estrae dalla tasca il cellulare che diffonde *Summertime* nell'aria sonnolenta di Central Park – sullo schermo la foto di Agnese che spia da sopra un paio di occhiali da sole – e lo getta in uno dei laghetti facendo disegnare un arco alla voce ruvida di Billie Holiday – un arco tra gli alberi, sotto lo sguardo d'un falco.

Dopo aver gettato il telefono nel laghetto, girovaga per il parco. Prima del tramonto si ferma su una panchina a guardare genitori e ragazzini radiocomandare minuscole barche a vela. Controlla quanti soldi ha – poco piú di trenta dollari – e cerca di riportare alla memoria le informazioni che Unique gli ha dato quando si sono salutati. Esce dal parco all'angolo tra la Quinta e la Cinquantanovesima. Raggiunge Union Square, scende lungo la Bowery, gira su Houston, arriva in Pitt Street e cerca il numero 133 – ma non è sicuro sia il 133, forse è il 113 – e il cognome Lowe – ma forse lo confonde con il *Lower* di Lower East Side – fatto sta che non trova il campanello e alla fine, dopo aver fatto diverse volte su e giú, si siede su una panchina dell'Hamilton Fish Park, dove trascorre la notte. Un ragazzo, all'alba, stende un cavo tra un albero e un palo della luce e comincia a camminarci sopra.

Lui si sveglia e lo guarda allenarsi mentre il sole elenca le punte dei palazzi.

Resta lí un paio di giorni, Andrea – o forse tre, comunque non piú di tre – leggendo i giornali gratuiti distribuiti all'entrata della metro e giocando assorto con il camion dei pompieri di Emanuel in attesa che una delle due – Unique o Rita – passi. Ma non le vede mai. E quando, dopo aver speso per mangiare dieci dollari al giorno per tre giorni, rimane senza contanti, va a lavarsi nel bagno di uno Starbucks e raggiunge il Metropolitan facendo a ritroso la strada di tre giorni prima.

Al Met, non avendo piú nemmeno qualche spicciolo per il biglietto, si siede sulle scale. Un poliziotto si avvicina per dirgli che non ci si può stare seduti sulle scale, che deve andarsene. Si alza e s'appoggia al muretto. Sfumata la possibilità di trovare ospitalità da Unique e Rita, è rimasto Walter. C'è Vincenzo, ma l'ha scartato. Non saprebbe cosa dirgli, come giustificarsi.

Trascorre la giornata lí, in attesa di vedere entrare o uscire Walter, ma dev'essere il suo giorno libero, perché Walter non entra e non esce. Certo, per quanto ne sa potrebbero esserci altri ingressi: ispeziona il perimetro del museo, ma non trova nulla. No, è di certo il suo giorno libero. Dorme in Central Park e due scoiattoli vanno a mordergli le dita. Verso le quattro del mattino sente delle urla: la polizia sta arrestando due ragazzi e una ragazza – giovane la ragazza, giovanissima. Si chiede se è il caso di allontanarsi e decide di no. Spia da dietro il tronco di un albero finché le luci dei lampeggianti non scompaiono, restituendo la notte.

Walter ha letto un articolo sul «New Yorker», scritto da un sociologo, o forse da uno psicoterapeuta, non importa, in ogni caso ha letto quest'articolo che spiega bene, con esempi e tutto, come la felicità non è un prodotto esterno a noi, ma interno. Che siamo noi a sintetizzarla. Che siamo noi a dovere imparare a fare il fuoco con la legna che abbiamo; che c'è gente incarcerata per errore che ha trascorso anni in prigione, da innocente, e che una volta scagionata ha descritto l'esperienza della galera come un'esperienza unica, *gloriosa*; che il coefficiente di felicità di certe persone che hanno perso l'uso delle gambe in un incidente, due anni dopo l'incidente, è lo stesso di certe persone che hanno vinto un milione di dollari alla lotteria, due anni dopo la vincita.

Ed è stringendo quella copia del «New Yorker» con un disegno di Chris Ware in copertina, copia che ha intenzione di prestare a una collega, che Walter scende dal bus.

Andrea lo vede. È seduto sul trolley, vicino a un ambulante. Non sa dell'articolo letto da Walter pochi giorni prima, ma quando quella mattina, all'alba, una foglia d'acero gli è planata sulla faccia facendogli aprire gli occhi, è tornato con la memoria al suo discorso, quello sulle cose da dire ai figli, sull'alzarsi ogni giorno per fare ciò che si deve fare, e se perdo il lavoro esco e vado a cercarlo, e cosí, quando lo vede scendere dall'autobus, sgranchirsi la schiena con aria sofferente, salutare con una pacca sulla spalla uno dello staff, dirgli qualcosa ed esplodere in una risata scrosciante, non osa avvicinarsi.

Un giorno trova un volantino di un'associazione che distribuisce i pasti ai senza dimora presso la Saint Mark's Church e prende l'abitudine di farsi trovare in zona verso le sei. Non dopo, perché una volta è arrivato ultimo e non era rimasto nulla di solido – né pane, né polpette, solo brodo. Dopo cena capita che entri in chiesa per una conferenza o un concerto. Una sera ne annunciano uno di un quartetto d'archi, un concerto in onore di un membro dell'associazione, un militare rientrato da poco dall'Afghanistan: avrebbero suonato Schubert, il *Der Tod und das Mädchen*, e i Sei divertimenti op. 17 di Haydn. Alla viola, Elisabeth Serrano. Non è sicuro sia lei, non conosce il suo cognome. Ma quante Elisabeth suonano la viola in un quartetto d'archi, a New York? Il concerto è quella sera. L'emozione di rivederla gli toglie il fiato.

Non si ferma per la cena. Corre ai bagni pubblici di Columbus Park, si lava come può considerando che non ha sapone, scova in fondo al trolley una maglietta non troppo sporca e si presenta in anticipo per accaparrarsi uno dei posti davanti, il piú vicino possibile al quartetto.

La chiesa si riempie in fretta.

Alle otto esatte i quattro entrano dalla porta della sagrestia con i loro strumenti, accolti da un applauso composto. Elisabeth – Andrea batte i piedi per terra dalla gioia, dicendosi bravo da solo, tra sé e sé, bravo che ha indovinato – si siede proprio di fronte a lui. Accanto, Andrea ha una donna di una cinquantina d'anni, forse, capelli rosso fuoco e collant arcobaleno. Alle loro spalle, un vecchio orientale che poco prima ha percorso la navata reggendosi a un bastone.

A metà concerto la donna tira un sospiro, come se l'ingresso della viola nella melodia l'abbia profondamente commossa, appoggia la testa sulla spalla di Andrea e gli stringe la mano. Lui non si muove. Il vecchio prende il bastone e lo infila tra di loro, all'altezza del collo, sbatacchiandolo e obbligando la donna a ricomporsi. Siediti bene, stronza, sibila. La donna si volta, stampa un bacio sul palmo della mano e glielo soffia in faccia.

Finito il concerto Andrea attende i musicisti all'esterno

della chiesa. Piove. Elisabeth esce sottobraccio a un uomo che indossa un blazer grigio; estrae un ombrello pieghevole dalla borsa e si avviano a piedi su per la Terza, fino a Gramercy Park dove, dopo aver cercato a lungo le chiavi, entrano in un palazzo, uno di quelli eleganti che attorniano il parco. Poco dopo, una luce si accende al quarto piano, sulla destra. Andrea aspetta senza distogliere lo sguardo, la bocca leggermente aperta come in attesa di un miracolo. A un certo punto l'uomo appare alla finestra, e poco dopo Elisabeth lo raggiunge con due bicchieri; lo abbraccia da dietro. Andrea si apposta contro la recinzione, confondendosi tra la pioggia e la notte, e resta a guardarli fino a quando la luce dell'appartamento si spegne. Ha i capelli e i vestiti fradici. Ma non ha freddo.

A quel punto, perde contezza del tempo; un vuoto che trascina nel proprio gorgo la memoria, perché anche parole e immagini si fanno, d'un tratto, incorporee, sfilacciandosi ogni volta che tenta di ghermirle.

Il giorno in cui qualcuno fa cadere una moneta nel bicchiere di plastica posato a terra – scopre di poter racimolare una decina di dollari al giorno in questo modo – scorda il numero di telefono di casa. Un pomeriggio di sole magro, camminando lungo Amsterdam Avenue, perde le scuole in cui ha insegnato, i volti degli studenti, la strada che percorreva per raggiungere il suo quartiere e i giochi con cui, da bambino, i suoi genitori lo intrattenevano durante i viaggi in macchina; le fattezze dei suoceri e dei vicini di casa, i quadri appesi alle pareti della camera da letto e il colore del frigorifero. Una mattina di nuvole grasse perde i pittori del Rinascimento, i suoi piatti preferiti e i titoli di diversi libri che avrebbe desiderato rileggere. Di Agnese perde, talvolta, l'odore e la consistenza della pelle sotto le dita, ma poi, alla fine li ritrova sempre. Lo aggredisce nel sonno, con violenza, il ricordo delle sue mani, dell'attaccatura dei capelli sulla fronte, della minuscola nave a vapore tatuata sul polso; il contorno dei fianchi, le infinitesimali variazioni di verde dell'iride. Pensa ai suoi genitori tra gli anni Sessanta e Settanta, alle foto che aveva a casa. Pensa alla loro generazione, alle generazioni che hanno contestato le promesse del boom economico, e cammina tra chi, ora, pretende che quelle promesse vengano mantenute, ragazzi e ragazze che protestano camminando in circolo, mantra umani che brandiscono cartelli e indossano magliette riprodotte con stampanti laser. Evita di attraversare Times Square. Dirige i propri passi verso il Queens e il Bronx. Si ferma a osservare gli artisti di strada a Central Park: chi si copre di alluminio e balla quando qualcuno sgancia un dollaro, chi suona vecchie canzoni di Neil Young o Graham Nash o Leadbelly, chi arringa il pubblico con cantilene infantili, chi inciampa su bucce di banana immaginarie, chi ruba orologi, chi indovina il futuro, chi cammina sulle mani, chi afferma di poter rispondere a qualunque domanda gli venga posta, *qualunque*.

Osserva l'estate soffocare la città. Osserva il fluire reversibile delle fasi lunari, il mutare dell'intensità del vento, la trasformazione delle nuvole. Osserva la pioggia, la violenza inaudita degli scrosci che costringe la gente a disperdersi, l'accumularsi delle pozzanghere. Riflette sui termini *frustrazione* e *impotenza* e durante i fine settimana, seduto ai bordi dei campi, tifa per squadre di softball composte da uomini e donne di ogni età – in forma, sovrappeso, agili, goffi – e ride e ride e ride. Ridono i giocatori per la loro ineleganza prendendosi in giro l'un l'altro e di riflesso ride lui, rapito dalla loro gioia infantile. Smette di guardarsi allo specchio. Si sciacqua la faccia e si asciuga senza mai controllare lo stato del proprio viso, dei capelli, della barba che cresce. Evita i riflessi nelle vetrine dei negozi e trascorre ore a studiare le gargolle in pietra specchiarsi nelle finestre ai piani alti dei grattacieli.

Un giorno ricorda che, una volta, con una scatola da scarpe ha fatto costruire ai suoi studenti una camera oscura, per mostrare loro come l'immagine capovolta prodotta dalla luce che attraversa il foro stenopeico appaia bidimensionale. A Wall Street incappa in un madonnaro che disegna anamorfosi: una buca nell'asfalto in cui un uomo è appena caduto, una pozzanghera in cui galleggiano resti umani e alcune rovine crollate – macchie di colore oblunghe che osservate da un punto preciso acquisiscono tridimensionalità. Motivo per cui *prospettiva* è un'altra parola su cui riflette. Insieme a *oggettività*, e a *perdersi*.

Una domenica di settembre lo sveglia una mano che lo scuote. Porca di quella santa puttana, dice una voce di donna, ma sei proprio tu.

Unique lo ha riconosciuto nell'uomo seduto davanti alla caffetteria da cui stava uscendo – un bicchiere di plastica tra le ginocchia, la testa appoggiata contro il palo, occhi chiusi. Stava per proseguire senza considerarlo come fa di solito con i relitti umani che, le fosse concesso, scoperebbe via dalla strada insieme a carte e lattine, quando qualcosa ha attratto la sua attenzione. Ha un'aria familiare, ha pensato. Fatto sta che si è fermata a studiarlo da sopra la spalla, a distanza di sicurezza, succhiando il frappè e quando d'un tratto, come per un'epifania, ha capito che quell'uomo era Andrea, ha cacciato un urlo.

Lo trascina con sé a Brooklyn pagandogli il biglietto della metropolitana. Raggiungono una zona di condomini popolari, cortili invasi da erbacce e bottiglie protetti da reti metalliche, magazzini risalenti alla Guerra Civile. Nel palazzo in cui entrano l'ascensore è rotto, cosí deve sollevare il trolley e portarlo a braccia fino al settimo piano. Sul pianerottolo un ragazzo portoricano prova delle mosse di un'arte marziale. Unique bussa. La porta si apre e Rita fa la faccia di una che ha appena sorpreso il fidanzato con un'altra. Madre santissima, dice. Ma questo...

L'ho trovato davanti allo Starbucks sulla Settima, dice Unique entrando.

Sono... Ma che gli è successo? Dio mio. Com'è che si chiamava?

Andrea.

Andrea, sí. Ma che ti è successo, Andrea?

Ecco, provaci tu, con me non ha aperto bocca, dice Unique entrando in bagno. Mi ha seguito come un cagnolino.

Andrea si siede su una poltrona sfondata. L'appartamento è arredato con oggetti di recupero: sedie spaiate, mobili di legno colorati a metà. Un filo di Lung-Ta, le bandierine di preghiera tibetane su cui i buddisti scrivono le orazioni per affidarle al vento, attraversa il soggiorno, diffondendo benedizioni a ogni spostamento d'aria provocato dal passeggiare inquieto di Rita.

Doveva partire... Quando doveva partire? Tre mesi fa, dico bene? Forse dovremmo portarlo in ospedale, Unique. Rumore d'acqua nel lavandino. Rita urla perché l'amica la senta. Che dici? Lo portiamo in ospedale? Eppure sembra in discreta salute, tu che dici, Unique? Non ti sembra?

La porta d'ingresso si spalanca senza preavviso e un ventenne in giacca e cravatta entra ansimando; prima di richiuderla si volta sospettoso a controllare il pianerottolo, quindi si gira verso di loro con uno scatto. Rita! esclama allegro, battendo le mani. Rita, amore mio. Poi nota Andrea e il sorriso gli cola via dalla faccia. E questo chi cazzo è?

Lui è Andrea, dice Rita come fosse ovvio.

E chi cazzo è Andrea, Rita?

Unique esce dal bagno. Un nostro amico, Steve. Sembra un po' malconcio.

Lo voglio fuori da casa mia. Adesso.

Unique appoggia le mani sui fianchi. Tecnicamente è casa tua sí, ma...

Adesso, ripete Steve indicando il pavimento, e si slaccia la cravatta e sta per aggiungere qualcosa quando la porta d'ingresso alle sue spalle si sgancia dai cardini e crolla a terra avvolta da un fragore polveroso.

Rita urla – un urlo acuto e represso, come se all'ultimo si fosse pentita e avesse cercato d'ingoiarlo. Steve cade a terra ai piedi di Unique, che fa un passo indietro appoggiandosi alla porta del bagno. Andrea non si muove, lo sguardo rivolto dentro sé stesso. Quattro ragazzi – pantaloni corti, tatuaggi sui polpacci e sugli avambracci; uno, uno solo, indossa jeans lunghi e camicia bianca e un cappello azzurro da marinaio – entrano nell'appartamento. Senza chiedere o dire nulla il piú grosso si piega su Steve come per aiutarlo ad alzarsi e invece gli scarica due pugni in faccia, rapidi, con la stessa mano; poi si drizza e gli appoggia un piede sulla guancia. Il naso cola sangue sul pavimento.

Ti avevo chiesto di essere puntuale questa volta, Steve, puntuale, dice il ragazzo con il cappello da marinaio, giocando con un pezzo della porta. E puntuale nel mio vocabolario ha un significato preciso che non è poi e neppure dopo. È ora. O possibilmente prima. Tu hai sprecato l'occasione del prima e hai superato l'ora. E non siamo neppure piú nella zona del poi o del dopo. Ormai abbiamo a che fare con il troppo tardi.

Steve emette un suono gutturale, sventola la mano.

Che vuoi dire? Non capisco, dice il ragazzo con il cappello da marinaio.

Steve mugugna, allunga il braccio, indica una cassettiera. Il ragazzo con il cappello da marinaio fa segno al piú basso del gruppo, probabilmente il piú giovane, un ragazzino glabro e dagli occhi bovini, di andare a controllare. Quello apre i cassetti, ci fruga dentro, e nell'ultimo trova una busta che lancia al ragazzo con il cappello da marinaio, che la apre e scuote la testa. E questo cosa sarebbe? dice. Mi prendi per il culo?

Steve gracida qualcosa, mostra il palmo della mano e lo batte a terra ed è a quel punto che Unique si stacca dalla porta del bagno e dà un pugno sulla spalla di quello che tiene il piede sulla faccia di Steve. Come cazzo pensate di risolverla 'sta faccenda se continuate a non farlo parlare? strepita. Perché non togli quel cazzo di piede e gli fai dire quello che deve, sei idiota o cosa?

Senza mutare espressione lui si guarda la spalla, come per controllare cos'è successo, poi lascia partire una sberla che centra Unique sulla guancia e la manda a sbattere contro il muro. Non urla neppure. Il contraccolpo la fa rinculare e il ragazzo, senza togliere il piede dalla faccia di Steve, prima la sostiene con una mano e poi la spinge dietro il carrello del televisore, dove Unique s'accascia. Rita singhiozza. Andrea non si muove.

Sto aspettando, dice il ragazzo con il cappello da marinaio.

Steve, allora, indica Andrea.

Il ragazzino glabro si avvicina e si piega su di lui come per annusarlo. Usando entrambe le mani tasta giacca e pantaloni, passando poi alla fodera come se Andrea e la poltrona fossero una cosa sola – schienale, struttura, gambe – finché si china e, dopo aver infilato una mano tra seduta e pavimento, si sente lo strappo di uno scotch. La mano riemerge stringendo una seconda busta. Il ragazzo con il cappello da marinaio la riceve al volo. La apre e sorride. Bene. Davvero molto bene, dice. È stato un piacere, Steve. Quando vuoi, sai dove trovarmi.

Cosí come sono entrati, i quattro escono camminando sopra la porta. Nel silenzio che segue allo sfumare dei loro passi giú per la tromba delle scale, nell'appartamento rimane il tossire di Steve, i singhiozzi di Rita, schegge di legno ovunque e polvere nell'aria. Unique è ancora svenuta, raggomitolata dietro il carrello della televisione. Andrea si alza, estrae il manico del carrellino del trolley ed esce.

Nel vuoto delle strade il vento crea bruschi vortici di cartacce e sacchetti di plastica e Andrea non si stupirebbe se da dietro una macchina apparisse uno sciacallo, muso basso, in cerca di cibo. Cammina fino a raggiungere un'ex zona industriale che dà su Governors Island e sulla parte bassa di Manhattan. Le luci germogliano e appassiscono nel crepuscolo: è il destino intermittente degli abitanti di quella città, cadute e resurrezioni quotidiane. Si ritrova in un parco con un pontile teso verso la baia. «Louis Valentino, Jr Park», dice un cartello. Si scorgono i palazzi di Bayonne e sui cubi di cemento lambiti dall'acqua qualcuno ha scritto «Red Hook»: una lettera, un cubo. Rimane lí per chissà quanto, senza pensare a nulla. Finché.

Ehi.

Andrea, poggiato alla balaustra del pontile, guarda verso la strada.

Cazzo, è proprio lui. Cuor di leone. Sei tu, vero?

Ad andargli incontro per primo è il ragazzo con il cappello da marinaio. Si spinge a un passo dal pontile, poi si ferma, attende gli altri e tutti insieme superano la linea delle assi e gli si fanno addosso.

È il nostro amico. Vero che è lui?

Quello basso e letargico prende il trolley da terra e cerca la cerniera per aprirlo.

Cuor di leone ha meno coraggio della ragazza che Cube ha spedito nel mondo dei sogni, vero, Cube? Lei, cazzo, lei gli ha pure ficcato un pugno sulla spalla. Cube ha un livido adesso. Grosso cosí. Un livido sulla spalla. Tu invece, dice il ragazzo con il cappello da marinaio passandogli le dita sinuose davanti agli occhi come per ipnotizzarlo, tu sei rimasto a guardare e sembrava che neppure stessi guardando. Cambia espressione. Chi cazzo sei tu, eh? Chi cazzo sei? Un saggio o un vigliacco?

Tra le labbra di Andrea si muove un pensiero, lieve, che subito scivola in acqua. Posa lo sguardo sul ragazzo dagli occhi sporgenti che, piegato su un ginocchio, sta rovistando tra la sua roba.

Mi hai sentito, cuor di leone? Hai sentito cosa ti ho chiesto?

Il ragazzo con gli occhi sporgenti sbuffa. Non c'è nulla che lo interessi: per lo piú sono vestiti sporchi. Nella tasca esterna trova il camion dei pompieri di Emanuel. Lo appoggia sul pontile e lo lancia. Per alcuni istanti seguono tutti la sua corsa, anche il ragazzo con il cappello da marinaio, fino a quando le ruote s'incastrano tra due assi. A quel punto, il ragazzo bovino si solleva con fatica da terra, gira attorno ad Andrea e dalla tasca posteriore dei suoi pantaloni estrae il passaporto. Lo apre.

Parli la mia lingua, cuor di leone?

È italiano, dice il ragazzo rimettendogli il passaporto in tasca e riunendosi al gruppo. E come in una coreografia, quando il basso torna nei ranghi quello grosso che ha pestato Steve si fa avanti, prende il trolley ancora aperto, lo afferra per il manico, lo fa vorticare sopra la testa come un lanciatore del martello e distendendo la schiena lo getta nella baia. I vestiti planano in parte sul pontile, in parte in acqua. Il ragazzo con il cappello da marinaio applaude, ride e lancia grida indiane. Gli altri, incendiati dal nulla, non muovono un muscolo.

Andrea raccoglie le proprie cose, o almeno quelle che può. Recupera il camion dei pompieri. Sta iniziando a piovere. Si dirige verso uno dei vecchi magazzini di mattoni di cui la zona è piena e per strada trova un sacco di iuta: lo raccoglie e ci ficca dentro la roba. Alcuni ingressi sono chiusi a chiave da lucchetti possenti, altri murati. Ne trova uno aperto e vi si infila dentro. È buio e c'è odore di piscio e legno marcio. Dorme tremando. Quando esce, il giorno dopo, è autunno inoltrato; il freddo è franato sulla città senza preavviso e lui non ha nulla di caldo da indossare. Infila una sull'altra le magliette e le camicie e va a rovistare in tutti i cestini dell'immondizia. Un pomeriggio – la febbre è già alta – attraversando Prospect Park vede una giacca marrone su una panchina: forse un padre corso dietro al figlio, o uno studente che si è allontanato. Si guarda attorno, destra sinistra, si avvicina di soppiatto e la prende. Vorrebbe correre via, ma sta troppo male per farlo, cosí rotola dietro un pontile, la indossa tra i colpi di tosse e si allontana inciampando, colpevole, nei propri passi.

Quando quella sera, torturato dai brividi, rientra nel magazzino che è diventato casa e rifugio, mentre si fa strada tra i rifiuti, le mura e il soffitto cominciano a squagliarsi. La luce ambrata che gocciola dai lucernari si scinde in milioni di molecole iridescenti e un istante dopo, senza avere il tempo di reggersi da qualche parte, crolla a terra privo di coscienza. La polvere si solleva dal tavolato, e lenta e inevitabile ricade su di lui.

5.

E quindi è la consistenza e il sapore della polvere sulle labbra e dentro la bocca la prima cosa che percepisce riprendendo i sensi: è rimasto sdraiato sul pavimento, la faccia schiacciata sulle assi di legno, per chissà quanto tempo. Non sa che ora è, non sa che giorno è. La luce che piove dai lucernari incrostati è appena sufficiente a indovinare la profondità di quel magazzino di Brooklyn che mezzo secolo prima ha ospitato merci in arrivo dall'Europa e dall'Africa. Si guarda attorno – travi di legno e mattoni anneriti dal fumo, scaglie di vetro e topi che s'inseguono tra vecchie casse. Sente gli occhi grumosi e pesanti, passa una mano tra i capelli e spolvera via le ragnatele; il pulviscolo fluttua a mezz'aria prima di depositarsi sulla giacca che ha rubato in Prospect Park. Sporchi i pantaloni, sporco lui. Puzza di marcio, ma da tempo ha perso la capacità di distinguere il proprio odore da quello dei luoghi in cui si corica. Un brivido lo attraversa. Ho la febbre, pensa, febbre, febbre alta. Scruta nell'ombra in cerca del trolley, finché da profondità sconosciute emerge la consapevolezza che il trolley non c'è piú. No, non c'è piú il trolley. Ma il sacco di iuta che contiene ciò che rimane della sua roba è lí, a pochi passi. Si distende per agguantarlo, le ossa in frantumi, lo trascina a sé e si accascia, lasciandoci cadere sopra la testa.

Sprofonda in un sonno febbricitante, interrotto da ricordi della vita precedente – quella cui a un certo punto ha cominciato a pensare come la sua vita precedente – e c'è Aun-Liang che disegna un campo da calcio con i pastelli su un foglio di carta da pacchi, e ci sono dei colleghi di cui non saprebbe dire il nome che parlano di cosa è stato deliberato durante la riunione del consiglio d'istituto, c'è Walter che gli dice di star seduto sullo sgabello, di non muoversi di lí, i suoi genitori che gli dicono di fare sempre ciò che sa fare meglio, che la vita è troppo breve per sprecarla passando il tempo a fare cose che non si sanno fare e, a un certo punto, c'è la presenza di qualcuno che non riconosce, ed è un sogno strano, quello, materico, tanto che gli sembra davvero che qualcuno gli stia sollevando la testa, lo stia aiutando a bere del tè bollente, e gli avvolga una sciarpa intorno al collo. Quella presenza ha una voce primaverile che dice cose come «torno domani» o «ingoia», e quando dice ingoia Andrea sente il sapore dell'aspirina effervescente. La voce primaverile torna diverse volte, si fa luce con una torcia elettrica, ma Andrea, vuoi per la febbre, vuoi per le ombre in movimento, non riesce a catturarne le fattezze. Nel termos c'è della zuppa di miso. L'ha fatta mia madre, dice. Si muove attorno a lui, appende la pila a un chiodo. Andrea si solleva a fatica sui gomiti: solo ombre e bagliori incandescenti. La voce primaverile apre il termos, glielo avvicina alle labbra. Il miso è saporito e caldo e Andrea viene scosso da un brivido di piacere, sente il disgelo nel sangue e la carne farsi leggera. Lo lascio qua accanto. È aperto. Attento a non rovesciarlo, va bene? Ci siamo capiti? Ecco, cosí. Bravo.

Grazie, dice Andrea.

Ehi, allora parli, dice la voce. Ora devo andare. Torno domani. O almeno spero. È che non sono certo di riuscire a sganciarmi dalla festa di mia sorella. In ogni caso io ci provo, te lo prometto. Il termos, ecco, il termos te lo lascio qui, a portata di mano, basta che ti allunghi. Resterà caldo per parecchio tempo. Lo so perché è quello che usano i miei nonni quando ci portano a sciare in Colorado. Allora, a domani, okay?

Stai meglio oggi?
Meglio.
Come ti senti?
Meglio.
Io... volevo dirti che non posso tornare, per qualche tempo.
Sí. Meglio.
La voce primaverile ride, ed è come un volo di gabbiani. Non mi sembra mica, sai? Ma non posso farci nulla. Non posso proprio. Io... ti lascio tutto qui, okay? Indossa questo. È un giaccone. Ti terrà caldo. Con questo e il cibo e l'aspirina guarirai presto, vedrai.

E c'è lui, un sé stesso lontano, che di tanto in tanto rigira in bocca la parola *fiducia* e, pur sentendo nelle orecchie la risata del suocero, ne assapora la dolcezza constatando che davvero è quella la trama del loro matrimonio; e ci sono loro, lui e Agnese, nel periodo in cui si era fatto strada il desiderio di un figlio, desiderio attecchito non tanto nell'immaginare la sua presenza, quanto nell'avvertire la sua assenza: *non* doverlo passare a prendere, *non* doversi svegliare di notte, *non* dover considerare le sue esigenze nel fare la spesa o nel programmare un fine settimana era diventato, per entrambi, come possedere un meraviglioso terrazzo senza ringhiera, inutilizzabile per paura di cadere nel vuoto. E la considerazione condivisa era stata che ci fosse dello spazio inerte nella loro vita e che solo i confini tracciati dalla presenza di un figlio avrebbero permesso loro di goderne; e c'è la gravidanza che non arriva anche se dagli esami risultano entrambi fertili, e la gioia dell'inizio della gravidanza, e il ricordo di quando il bambino, quel bambino, Agnese lo aveva perso all'ottava settimana – un aborto ritenuto, avevano detto i medici.

Poi.

Poi, un giorno apre gli occhi e la luce sporca che rischiara il magazzino illumina una banana e una scatola di biscotti, una bottiglia d'acqua e una confezione di aspirine. Lascia andare un sospiro e pensa che si sente meglio. Si solleva, stira la schiena, mangia la banana e quattro biscotti, beve un sorso d'acqua. Si stringe nel giaccone e si rende conto d'indossarlo per la prima volta, è un giaccone che non ha mai visto – un giaccone invernale a scacchi rossi e neri. Attorno al collo ha una sciarpa di lana fatta a mano. La annusa: profumo da donna. Il profumo stappa qualcosa nel cervello e gli viene da sorridere.

Esce dal magazzino e il mondo applaude: ad attenderlo c'è un autunno incantevole, il cielo terso, l'aria frizzante. Inspira con il naso e ogni molecola del corpo si gonfia d'incanto, il cervello si riempie di pensieri positivi e lo invade una profonda sensazione di pulizia.

È guarito.

I giorni successivi sono giorni spensierati. Con gli spiccioli raccattati dai passanti va a fare una lavatrice in una lavanderia a gettoni, e nel frattempo va lui stesso a lavarsi in uno Starbucks su Atlantic Avenue. Torna a procurarsi il cibo a Saint Mark's Church e ascolta un dibattito sull'estinzione delle api; e una sera in cui New York sembra splendere piú del solito si ritrova in Gramercy Park, a spiare le finestre di Elisabeth – la vede tornare con le buste della spesa, accendere le luci, andare e venire dalle stanze. L'uomo che era con lei l'ultima volta non c'è. S'avvicina al campanello, fa per suonare, poi ci ripensa.

Ha scoperto che c'è una signora, la vedova di un giudice che abita poco distante dalla biblioteca pubblica di Brooklyn, che tutti i giorni, alle quattro del pomeriggio, distribuisce tè caldo e biscotti. Un pomeriggio, camminando con le mani nelle tasche del giaccone nuovo, Andrea è diretto lí, da Susie – si chiama cosí la vedova – quando, passando davanti a una scuola pochi istanti dopo il suono di una campanella, viene travolto da centinaia di adolescenti. Si ferma, lascia che il flusso scorra, e mentre è lí immobile dalla folla emerge una voce che gli sembra di riconoscere – una voce primaverile. Strabuzza gli occhi, coglie la direzione – guarda fisso i ragazzini che lo circondano, si volta a destra e sinistra, ma nulla, le voci sono troppe e non riesce ad attribuirla. Poi d'un tratto eccola, di nuovo, è lei. La segue, intercettandola e perdendola, intercettandola e perdendola, finché il gruppo si sfoltisce e restano solo due ragazzi di tredici, quattordici anni. Uno dei due parla con allegra invadenza e quando si volta verso l'amico Andrea nota che ha i tratti vagamente asiatici – uno sbuffo di oriente sugli zigomi: la voce primaverile è sua.

Patterson.

Da un negozio di alimentari escono tre ragazzi, avranno un paio d'anni in piú, si fanno loro incontro. L'amico della voce lo saluta, dice qualcosa su dei libri da restituire e s'allontana in tutta fretta, mentre lui, la voce, che indossa un cappellino di lana tibetano con i paraorecchie, mostra il palmo come a dire sí, va bene, si stringe nelle spalle e affonda le mani nelle tasche. Kocinsky, dice. Mao, Randy. Come state?

Lo stesso ragazzo che lo ha chiamato per nome s'avvicina e sputa per terra. Sei stato tu, vero, Patterson?

Patterson guarda lo sputo che ha lo stesso colore del tabacco. A fare...?

A fare?

Sí. A fare?

A farlo sapere alla preside. La storia della palestra e delle docce. Sei stato tu.

Palestra? Patterson si gratta la guancia e sorride. Non so di cosa parlate.

Ora ti racconto una cosa, Patterson. Hai presente il cobra indiano? Quello con la testa larga e piatta? Be', il cobra indiano uccide la preda mordendola, iniettandole il veleno e poi l'inghiotte tutta intera. Kocinsky si accende una sigaretta. La digestione, dice, dipende dalle dimensioni della preda, ma in genere è estremamente lenta. Tira dalla sigaretta ed espelle il fumo dal naso. Capisci quello che voglio dire, Patterson?

Che hai studiato ofiologia?

Gli occhi di Kocinsky si stringono a tagliola.

Ofiologia, ripete. È la scienza che studia i serpenti, dico bene? Si rivolge agli altri due come fossero in aula studio. Siete al terzo anno, lo saprete meglio di me.

Koci, dice uno degli altri due, ho fame. Facciamo che gli spacchiamo la faccia subito e andiamo a mangiare?

Kocinsky batte le mani, indossa dei guanti di pelle. Mao ha sempre fame, dice.

Lo sappiamo che sei stato tu, dice Mao a Patterson. Ce l'ha detto la segretaria. Lo sai che la segretaria ha un debole per Koci? Koci se la farebbe persino.

Già. Se solo quella non fosse amica di sua madre, vero, Koci?

Tu che pensi, Patterson?

Io? A dirla tutta io non ho ancora capito cosa c'entra la palestra con l'ofiologia. C'era un serpente nello spogliatoio?

Kocinsky è rapido. Getta la sigaretta, carica il braccio arretrando con la spalla e scarica il pugno nello stomaco di Patterson; quindi lo raccoglie prima che cada, lo afferra per le spalle e lo colpisce di nuovo con una ginocchiata in faccia. Gli altri due fanno per gettarglisi contro, ma non riescono a sferrare neppure un calcio perché vengono trattenuti per le giacche; qualcosa fa perdere loro l'equilibrio e si ritrovano entrambi schiena a terra. Kocinsky ha ancora il tempo di assestare due pugni dati male, ma d'un tratto il mondo gli si ribalta attorno, come sulle giostre, ed è anche lui sul marciapiede, e rotolando sbatte la testa contro la ruota di una macchina parcheggiata. Quando, increduli, si riprendono e sollevano gli occhi scoprono che tra loro e Patterson in ginocchio, con il sangue che cola dal naso, c'è un uomo che non conoscono. Ha gli occhi arrossati, la barba lunga e sfatta. Non dice nulla. Ansima e li guarda furibondo. Nel frattempo s'è formato un capannello di gente, donne, anziani, impiegati, e tutti commentano o chiedono spiegazioni. Ed è a quel punto che dall'altra parte della strada si solleva un urlo. Benjamin!

Tutti si voltano.

È una donna orientale vestita in modo sportivo. Ha il volto trasfigurato dalla rabbia, le guance tese come un tamburo. Si getta in strada senza guardare rischiando di essere investita da un ciclista che barcolla, sfiora un camion che sta facendo manovra e, mentre ritrova l'equilibrio, la insulta. Lei chiede scusa. Li raggiunge e si china su Patterson. Dio santissimo, ma cosa...?

Approfittando di quel momento Kocinsky e gli altri, bassi come in trincea, fuggono in direzione di Atlantic Avenue. Andrea fa tre passi per inseguirli, poi si ferma.

Cosa. Accidenti. È successo? Voglio saperlo. Cosa volevano? chiede la donna.

Nulla, dice Benjamin stringendosi il naso tra pollice e indice.

Nulla? Si guarda attorno: la gente si disperde. Ma perché? dice. Me lo vuoi spiegare? Fatti vedere. Benjamin le offre il volto, lei glielo manipola con le dita.

Ehi, cosí mi fai male.

Una medusa traslucida sta gonfiando l'occhio destro allargandosi alla guancia mentre il naso non accenna a smettere di sanguinare.

Perché devi sempre farti picchiare?

Farmi picchiare? Credi forse che dica alla gente di picchiarmi?

Non lo fai?

Be', no, accidenti. Certo che no.

Quindi aspetta, fammi capire... C'è gente che vedendoti pensa: guarda, è un po' di tempo che non picchio qualcuno e quasi quasi oggi, quello con quella faccia lí, quasi quasi vado lí e gliela spacco, quella faccia. Sí, dev'essere cosí. Proporrò all'«Atlantic» una ricerca qualitativa sul perché, senza che tu faccia nulla per provocare, la gente che incontri senta il bisogno impellente di prenderti a botte. Che dici?

Non sarebbe male, dice Benjamin sorridendo, ma il sorriso si trasforma in una smorfia di dolore.

La madre scuote la testa.

Ehi, fa Benjamin. Tra l'altro, grazie, dice voltandosi verso Andrea. Poi però si blocca, lo studia, e si rabbuia, l'espressione di uno che pensa che peggio di cosí quel giorno proprio non poteva andargli.

Lei è intervenuto per aiutarlo?

Andrea fa sí con la testa.

Non so come ringraziarla. Si fa avanti per stringergli la mano. Posso... dice pescando il portafoglio dalla borsa. Vorrei sdebitarmi. Guarda tra le banconote e prende due biglietti da dieci dollari. Li prenda. Mi fa piacere. E sorride con quegli occhi che battono le ali e si sofferma sul giaccone a scacchi e sulla sciarpa verde e a mano a mano che prosegue nell'osservarlo succede che si trasformano in due prugne, i suoi occhi, e i capelli prendono fuoco; quindi si volta verso il figlio. Benjamin! urla.

...

Benjamin! ripete.

Sí?

Benjamin. *Quella*, dice indicandola, quella sciarpa è mia.

Non la mettevi piú da un sacco di tempo.

E quello, dice girandosi, è il giaccone di tuo padre. Il giaccone di tuo padre, Ben.

Pensi verrà a reclamarlo?

Non posso credere che l'hai fatto ancora!

Ne aveva bisogno.

C'è l'Esercito della Salvezza, per questo.

Era malato.

E per questo ci sono gli ospedali.

E se poi lo trattavano male com'è successo al padre di José?

Il padre di José era...

Il padre di José *è* il padre di José.

Credo che la colpa sia mia, dice Andrea.

Madre e figlio tacciono. Un autobus accosta, apre le porte e ne escono brandelli di conversazioni, un gruppo di disabili canta *Don't Think Twice, It's All Right*. Ondeggiano angelici e disarticolati. Sí, ripete Andrea, guardandoli sfilare. Penso che, in fin dei conti, sia tutta mia la colpa.

Ha due piani, casa Patterson, al piano terra ci sono la cucina, un bagno e una sala usata sia come soggiorno sia come laboratorio da Ary. È un'artista, costruisce diorami e poi li fotografa. Riproduzioni in miniatura di scene di vita quotidiana: un ragazzo in bicicletta che consegna il giornale, donne in tailleur durante la pausa caffè, giardinieri che potano, uomini del gas che lavorano sul ciglio di una strada, tifosi allo stadio. Le foto le vende alle riviste. Lavora spesso su commissione, collabora con «The Atlantic», «Wired», «Woman's Day» e non è raro che a cercarla siano «Sports Illustrated» o «Better Homes and Gardens» – le chiedono le cose piú strane perché lei sa ricostruire tutto, da una quieta scena di pesca a un party in giardino. Le è anche capitato di esporre in qualche galleria di Chelsea, ma è un mondo che la disgusta.

Al piano superiore c'è un secondo bagno e le camere da letto di Ary, di Benjamin e di Allison, sorella gemella di Benjamin. Di fianco, dove si affaccia la finestra della cucina, c'è un cortiletto disadorno occupato da un capanno degli attrezzi prefabbricato acquistato da Home Depot che Allison e Benjamin hanno trasformato nel loro rifugio, rifugio che fino a un anno fa definivano segreto e che da poco, per sopraggiunti limiti di età, hanno smesso di chiamare cosí. Ora lo chiamano: la tana. Contiene una brandina e un tavolino, poster e fotografie alle pareti e un mangianastri a pile coperto di adesivi «No Nuke» e «Do drugs control your life?» C'è odore di caramelle e sudore.

Credo tu voglia farti una doccia, dice Ary.

Andrea si guarda attorno. Ovunque, rotoli di spago, colori, erba secca, paglia, cestini di pietre e ghiaia, tubetti di colla, pennelli, pinzette, spazzole, polistirolo e confezioni di Das.

Andrea...?

Sí?

Credo tu voglia farti la doccia.

Da quanto tempo non fa una doccia? Sale le scale, entra in bagno, chiude la porta a chiave, si spoglia dei vestiti come si scuoia un maiale. La doccia è dentro la vasca, una vecchia vasca con i piedi da leone, tira la tenda per non bagnare il pavimento e lavora sulla manopola per regolare l'acqua. Eccola. È calda, l'acqua; sospira. È calda come non lo è mai stata, calda come la sabbia. Le gambe cedono, si siede. Adesivi dei Pokémon sulle piastrelle. Un salvagente di plastica gialla. Un vaso di pot-pourri alla lavanda. Si sente risorgere, come Quetzalcóatl. Richiama le forze scovandole acquattate tra i muscoli, si alza, si strofina con il sapone e le unghie, chiude il getto e s'asciuga.

Bussano alla porta e oltre il vetro smerigliato riconosce la sagoma di Benjamin. Ti lascio dei vestiti qua fuori, dice. Li posa a terra e scompare senza attendere la risposta.

Mark Patterson era uscito di casa sei anni prima dopo una lite feroce con Ary – piatti lanciati e sedie per difendersi. Una delle molte. Era un alcolista, lei aveva cercato di aiutarlo in diversi modi, in *tutti* i modi, ma non era disposta a farsi picchiare, soprattutto davanti ai bambini. Dopo essere andato via di casa, Mark si era fatto vedere in giro per circa un anno – passava a salutare Benjamin e Allison nel cortile della scuola durante l'intervallo, e talvolta, la domenica, andavano tutti e quattro da *Ben & Jerry's* a prendere il gelato – dopodiché da un giorno all'altro era scomparso e non aveva piú dato notizie.

Ti stanno un po' larghi, dice Ary quando Andrea entra in cucina con addosso i vestiti di Mark – jeans beige, maglietta dell'esercito, camicia di flanella. Se vuoi farti la barba credo di avere ancora delle lamette e della schiuma da qualche parte.

Ciao. Allison appare nello specchio della porta.

Ciao.

Ha in mano un cellulare, dice: Ti dispiace se ti faccio una foto? È per il mio diario su Instagram.

Fa' pure.

Ti chiami Andrea?

Sí.

Io sono Allison.

Lo so. Insomma... l'avevo immaginato.

Hai salvato mio fratello?

Be', non è che...

Perché lo stavano picchiando?

Divergenze d'opinioni, dice Benjamin entrando. Parlavamo di serpenti. La medusa sulla guancia è un livido enorme. C'era di mezzo un... vediamo, un cobra, dice. Prende una manciata di anacardi da una ciotola sul tavolo, li infila in bocca.

Ary spegne il fuoco sotto una pentola, rimescola bruscamente qualcosa. Di stronzate abbiamo fatto il pieno, oggi, Ben, ti ringrazio.

Mamma! grida Allison.

Quando avrai voglia di condividere con noi la verità, quando ti farà piacere e pensi sia il caso di farlo, sai che siamo qui per te. Fino a quel momento...

Cazzi miei?

Cazzi tuoi, esatto.

Mamma! dice di nuovo Allison.

Zuppa di cipolle, dice Ary con un sorriso, rivolta ad Andrea. Spero ti piaccia.

Molto.

Allora siediti. Mettiti dove vuoi. Ora Allison apparecchia, vero, Allison? E tu, Benjamin, basta con gli anacardi.

Lui si fa picchiare e io apparecchio.

La prossima volta facciamo cambio, dice Ben.

Salsa allo zenzero, Andrea, dice Ary. Che ne dici? Ti piace la salsa allo zenzero?

Ci sono cose cosí. Che accadono senza preavviso e che vanno come vanno perché non potrebbero andare diversamente, anche se sul momento possiamo non essere preparati. La cena prosegue tra offese, ripicche, baruffe, tra tutte quelle punzecchiature che consolidano l'affetto di una famiglia; non l'amore cristallino e quindi fragile di certe rappresentazioni, ma quello ruvido, cameratesco, che scava fondamenta incorruttibili.

Benjamin e Allison fanno ad Andrea domande puntuali e sfacciate. Da dove arrivi? Perché non torni a casa? Non senti la mancanza dei tuoi amici, della tua città? E Andrea, be', lui risponde; risponde come può, ma non si sottrae. Per la prima volta dopo tempo i pensieri non sono matasse di filo spinato. Dice di sé e del viaggio, dice cose che non sapeva di conoscere o che non credeva di poter esprimere in quel modo: parla dei suoi genitori, parla del suo matrimonio, parla del suo lavoro; del quadro di Rembrandt, dell'aeroporto. Parlano a lungo, di tutto, tranne che del futuro – per quello manca ancora la sintassi. Ary invece non fa domande, non chiede nulla. Ascolta.

D'un tratto Benjamin dice: Ma tu non cercavi un assistente?

Ary sta lavando i piatti. Il rumore dell'acqua copre la voce. Cosa?

Ho detto: tu non cercavi un assistente?

Un assistente?

Hai qualcosa di grosso da costruire, no? Lo dicevi a qualcuno ieri, per telefono.

Ary chiude il rubinetto, le mani a gocciolare nel lavello, dice: Be', in effetti ho tre diorami del terremoto di San Francisco da costruire per l'«Atlantic». Mi farebbe comodo un po' d'aiuto, qualcuno che mi desse una mano. Non ho molto tempo, 'sti qua hanno l'abitudine di chiedere le cose oggi per ieri.

Vuoi essere l'assistente di mia mamma, Andrea?

Andrea sgrana gli occhi, si indica. Io?

Puoi dormire nel capanno, dice Benjamin. C'è una brandina.

Io... io non lo so.

Mamma, tu che dici?

A me va bene. Il capanno è a tua disposizione per un paio di settimane, come ha detto Benjamin. E ti darei anche dieci dollari al giorno. Mangiare, puoi mangiare con noi.

...

Andrea?

Non so cosa dire.

Ary sorride. Puoi dire di sí o puoi dire di no, dice riprendendo a lavare i piatti.

Sono seduti sui gradini di casa e il tramonto scolpisce la pancia delle nuvole. Ary s'accende una sigaretta, stappa due bottiglie di birra e ne passa una ad Andrea. Il diciassette ottobre del 1989 erano passate da poco le cinque del pomeriggio, dice, e al Candlestick Park di San Francisco stava per finire il terzo game di una partita delle World Series tra i Giants e gli Oakland Athletics. La chiamano la battaglia della baia, quella partita. Lo stadio era pieno, i giocatori in campo, e tutto d'un tratto la terra comincia a tremare, e continua, continua per quindici interminabili secondi. I ragazzi guardano una sit-com alla televisione, si sentono le risate finte seguite con un attimo di ritardo da quelle di Allison. Un gatto dorme sul cofano di una macchina parcheggiata davanti all'ingresso di casa Patterson. Molti giocatori dei Giants, continua Ary, abitavano nel Marina District. Sei mai stato a San Francisco?

No.

Be', il Marina District è – Ary apre le braccia e sfarfalla le mani come per tratteggiare nell'aria qualcosa di indicibile – credimi, è un sogno. E durante la scossa dell'89 è stato il quartiere che ha subito i danni maggiori. Devi andarci a San Francisco. Quella città è portentosa. Una volta c'era una laguna, lí. Al posto del Marina District, intendo. Poi hanno bonificato l'area usando, tra le altre cose, le macerie del terremoto del 1906. Prende un sorso di birra. Fatto sta che il terreno si era come liquefatto, no? E molte case erano crollate. Erano esplose le condutture del gas e si erano sviluppati degli incendi. Cosí è questa la scena che ho in mente, dice Ary, usando nuovamente le mani per disegnare l'aria. Ho in mente il Palazzo delle Belle Arti sullo sfondo, poi una serie di case in piedi e un gruppo di case crollate, piú o meno qui, ecco, i vigili del fuoco che lavorano sugli idranti per spruzzare acqua e sulla destra, in primo piano, cinque o sei giocatori dei Giants, ancora in divisa, mazze e guantoni e tutto, che osservano la scena. E non si capacitano.

Fai tutto tu?

Cosa?

Intendo… Costruisci tutto tu? Ogni cosa? Le persone, gli edifici…

No, non tutto. Certe cose le trovo pronte, solo da modificare. Ma ad esempio il Palazzo delle Belle Arti, quello sí. Parte del Golden Gate. E poi devo far spruzzare acqua ai pompieri, la fiamma…

Userai del fuoco *vero*?

Forse. Poi ci sarà il Bay Bridge. La porzione del piano stradale superiore crollata, con le macchine incastrate. Il terzo devo ancora deciderlo.

Allison urla se può prendere i biscotti. Ary dice di sí.

Grazie, dice Andrea.

Di cosa?

Di tutto. Di questa serata. Del lavoro.

Lavoro... Un paio di settimane.

Non mi conosci. Hai due figli. È un gesto raro.

Dici?

Sí.

Non saprei. Io non lo trovo straordinario. O per lo meno non dovrebbe esserlo. Non credi nella possibilità di capire la gente al primo sguardo? Di capire che tipo di persone sono, intendo. Non leggergli il passato o cose simili. Solo capire da che parte stanno.

E tu hai capito io da che parte sto?

Nulla di magico, intendiamoci. Giusto una questione di aura, di karma.

Qual è il mio karma?

Positivo.

Positivo?

Credo tu sia una brava persona. Lo sei?

Esattamente com'è fatta una brava persona?

Ary sorride. Ora è meglio che metta a letto i ragazzi o domattina dovrò tirarli giú a secchiate.

La brandina nel capanno è sfondata, ma piú confortevole della maggior parte dei luoghi in cui si è coricato negli ultimi mesi. C'è una lampada a forma di pesce; la luce si accende muovendogli la coda. Per bere o andare in bagno deve entrare in casa, cosí gli lasciano una chiave della porta d'ingresso. Da sdraiato Andrea vede la finestra della cucina; la luce sul frigo illumina Ary che sta apparecchiando per la colazione del giorno dopo.

Quando si sveglia Andrea impiega un tempo lungo a capire dov'è e a ricostruire gli avvenimenti della sera precedente. Ogni cosa, dal sole che sfibra le pareti del capanno, ai poster appesi, all'odore del caffè quando entra in casa, è nuova. Si fa la doccia – due docce in due giorni, pensa. Si rade. Esce con Ary ad acquistare del polistirolo e del compensato. Cominciano a tagliare, incollare, dipingere; e parlano, parlano molto, di tutto. Ary ha questa capacità di passare da un argomento all'altro senza soluzione di continuità come se il cervello germinasse di continuo. Sai qual è il mio problema quando mi chiedono diorami di questo tipo, terremoti, inondazioni, eccetera? dice avvitando la punta di un trapano dopo aver indossato gli occhiali di protezione.

No.

Il problema è che nonostante tutto, i morti, i danni, nonostante tutto fatico a percepire un disastro naturale come… Fa ruotare il trapano a vuoto.

Come?

Come un disastro. Come *il male*, non so se mi spiego. Si volta e guarda Andrea dritto negli occhi. È la natura, okay? È il mondo. È il pianeta. Gli uomini vorrebbero avere sempre tutto sotto controllo, ma non è possibile. Nossignore. Non se c'è di mezzo la natura. Quando ci penso... Insomma, non siamo noi a comandare, giusto? Dico, hai presente il monologo di George Carlin sulla salute del pianeta? Gli ambientalisti dicono che il mondo è spacciato, ma non è vero. È l'uomo che è spacciato. E quando non ci saremo piú, quando saremo estinti, il pianeta tornerà a stare bene. Ary si copre gli occhi con le mani, ride. Scusa, mi odio quando dico queste cose. Sono cinica, vero? Ho trentanove anni e sono una vecchia cinica. La sua risata riempie il cortile. Ti piace Kandinskij? Tu credi in Dio?

Scusa?

Ti ho chiesto se credi in Dio.

Ci credevo.

E adesso?

Andrea strofina le mani sui pantaloni appartenuti a un uomo che in passato ha amato questa donna – è questo quello che pensa. Credo nella ricerca, dice.

Ossia?

Ossia, non credo sia importante sapere se Dio esiste o no, perché non credo conti la risposta, ma solo la domanda. Ciò che dobbiamo chiederci è se vale la pena vivere la nostra vita in tensione verso Dio, persino partendo dal presupposto che non esista, che sia solo la proiezione di un nostro bisogno. Credo in Dio? No. Ritengo necessario cercarlo? Sí. Ecco cosa penso.

Cacchio.

Che c'è?

Risposta per nulla compiaciuta.

Ti ho stupita?

Mi hai dato da pensare.

Già.

Io sono stata animista per un certo periodo, dice Ary.

Il dio delle piante, il dio delle cose...

Il dio del mare, delle nuvole, del seme di sesamo. Quello che vuoi.

Non lo sei piú?

A volte. Hai avuto un'educazione religiosa?

Sí.

Ortodossa?

No, non ortodossa. Sincera. Del tipo che con i miei genitori trascorrevo spesso il fine settimana in un monastero, in montagna.

Be', allora direi qualcosa di piú che sincera.

No, non credere. Per esempio, ricordo che in foresteria, accanto al letto, c'era scritto che come prima cosa, arrivati al monastero, dovevamo riposare. Di non preoccuparci della liturgia delle ore, di non scapicollarci al mattutino. Di far riposare il corpo. Mi piace pensare alla preghiera quando, attraverso la preghiera, ci si prende cura del corpo. Preferisco l'immanenza alla trascendenza. Se Dio c'è è dentro di me, non credi? Dentro di me e dentro di te.

Qui vicino c'è una chiesa presbiteriana. Quando vedo la gente entrarci, a volte, solo a volte, li invidio. Non ho mai portato Benjamin e Allison a una funzione. Di nessun tipo. Ma parliamo spesso di cose che, secondo me, sono come se stessimo parlando di Dio.

Devi essere orgogliosa di loro.

Benjamin è avventato, dovrebbe stare piú attento.

Quello che ha fatto per me è...

Avventato.

È sorprendente.

È troppo emotivo.

È tuo figlio.

Forse sono una pessima madre.

Sí, forse, dice Andrea. O forse no. Il fatto è che non lo saprai mai. A Orfeo era stato detto di camminare un passo avanti a Euridice senza voltarsi, hai presente? Si tratta di avere fiducia. Devi aver fiducia in loro, nel fatto che ti stiano seguendo.

Ma se la strada è sbagliata?

Sbagliata per chi?

Sbagliata e basta.

Tu amali, *armali*. Se la strada è sbagliata, troveranno quella giusta da soli.

I giorni di lavoro in casa Patterson trascorrono veloci tra trucioli, colla e pennelli per rifinire le tonalità delle macerie e delle divise dei pompieri annerite dalla polvere e dal fumo degli incendi. Mentre lavorano ascoltano vecchie canzoni cambogiane, il paese di origine dei genitori di Ary. L'intimità che si crea è data da quella musica, o forse da una certa affinità di pensiero, dal desiderio che anima entrambi di capire e non dare nulla per scontato. Cosí, vagando tra discussioni volatili e storie personali, mentre Ary racconta di Mark e del loro matrimonio, Andrea sdrucciola verso Agnese – verso ciò che è successo, o non successo, tra loro.

Vuoi sapere cosa penso?

Sí, fa Andrea.

Lo vuoi sapere davvero?

Annuisce.

Credo tu stia facendo una cosa orrenda, dice Ary.

Andrea ha in mano uno stiletto con cui sta forando sottilissime lamine di polistirolo che verranno poi colorate di grigio e usate per il Bay Bridge. Dici?

Avrà denunciato la tua scomparsa. Forse pensa che tu sia morto. E cosí i tuoi amici.

Non ho mai avuto molti amici.

Non capisco come tu possa sopportare il fatto che la gente stia soffrendo nel non sapere che fine hai fatto. È orribile.

Andrea cerca un posto per far riposare lo sguardo. Il fatto è che non credo abbiano sofferto quanto dici tu.

Neppure Agnese?

Neppure lei.

Come fai a dirlo?

Come faccio a dirlo? Be', non lo so. Era mia moglie e... Tecnicamente lo è ancora.

Mia moglie, sí. Appunto per questo credo di conoscerla, giusto?

Ary sbuffa, abbassa gli occhiali e riprende a spruzzare colore sulle giunture del ponte, poi si ferma. E poi scusa, che cazzo vuol dire che non ha sofferto quanto dico io? Esiste forse una quantità di sofferenza che sei autorizzato a somministrare? In fondo l'ho fatta soffrire poco, dice con una smorfia... Sai cosa penso, Andrea? Penso – e dicendolo gli punta contro lo spruzzatore dell'aerografo – penso che dovresti tornare indietro, salire su un aereo, oggi, e tornare da lei. Che dovresti inginocchiarti ai suoi piedi e chiederle perdono.

Non avrei i soldi per il biglietto, dice Andrea.

Te li presto io, dice Ary. So che me li restituirai.

Miss Patterson! La voce arriva dal cortile, inattesa e piena di affanno. Miss Patterson!

Ary e Andrea corrono fuori.

Una donna bassa avvolta in un grembiule, un mestolo in mano e un'ombra di farina sulla guancia, li accoglie sbarrando gli occhi dalla gratitudine. Dio sia lodato, Miss Patterson. È in casa.

Signora Munro, cos'è successo?

L'idraulico, dice. L'idraulico. Indica casa sua. Credo sia morto.

Quale idraulico?

Per lo scaldabagno. Ero in cucina. Ho sentito un tonfo. Sono scesa in cantina. E lui era... è... La signora Munro chiude gli occhi, sul punto di svenire; Andrea la sostiene, ma lei d'un tratto si riprende e sventola il mestolo incrostato di una sostanza gialla. Venite, presto, dice.

La cantina della signora Munro è piastrellata con formelle bianche, illuminata a giorno dai neon. Scendono uno dietro l'altro, Ary davanti a tutti. L'idraulico, un uomo con un'elegante barba grigia, gli occhiali tenuti al collo da un laccio nero e la tuta con il marchio dell'azienda – un bambino bagnato dallo spruzzo di un idrante – è sdraiato sul pavimento, un braccio sotto la pancia, l'altro lungo il fianco, le gambe piegate nel gesto cinetico della corsa. Andrea e Ary si chinano su di lui. Lo chiamano, ma non risponde; lo scuotono, ma non reagisce; cercano il battito sul polso, ma non lo trovano. Ary nota la fede al dito. Andrea, un pupazzetto di gomma agganciato alla borsa degli attrezzi, braccia tentacolari e snodate.

È meglio chiamare la polizia, dice Ary.

La signora Munro esplode in un pianto singhiozzante.

E tu è meglio che rientri in casa, dice ad Andrea.

Andrea annuisce, si tira in piedi. Mi spiace, dice alla signora Munro. Poi sale di corsa le scale.

L'ambulanza porta via il corpo. Andrea spia da dietro le tende della camera da letto. Inizia a piovere: una pioggia affilata. La signora Munro è inconsolabile e mentre una poliziotta dalle labbra carnose parla al telefono con la figlia che abita ad Atlanta per tentare di convincerla a venire a stare qualche giorno dalla madre lei continua a tessere un lamento stentoreo. Anche Benjamin e Allison, tornati da scuola, osservano la scena dalla finestra. Allison scatta delle foto con il cellulare.

Di chi è questo?

Andrea, seduto sulla brandina dentro il capanno, si sta allacciando le scarpe. Cosa?

Benjamin prende il camion dei pompieri di Emanuel posato sul tavolino, accanto alla lampada a forma di pesce, si siede accanto a lui. Questo, dice.

È di un bambino che si chiama Emanuel. L'ho incontrato all'aeroporto.

Perché ce l'hai tu?

L'ha dimenticato. Ho cercato di restituirglielo ma non ci sono riuscito.

Benjamin! La voce di Ary, il motore dell'auto. Dobbiamo andare!

Arrivo, urla Benjamin. A che punto siete?

Di cosa?

Il lavoro di mamma, i diorami sul terremoto. Sono finiti?

Quasi.

Benjamin, urla Allison.

Meglio che tu vada, dice Andrea. Gli tocca lo zigomo, il livido è scomparso.

Ary dice che se non sale immediatamente in macchina lo lascerà lí e dovrà farsela a piedi. Non che sia lontana, la scuola, ma il fatto è che lui continua ad avere problemi con Kocinsky e, nonostante poco gli importi di essere picchiato, preferisce essere picchiato all'uscita che all'entrata – trascorrere la mattina sanguinando per i corridoi, dice, è piuttosto fastidioso.

Ary rientra carica di borse, Andrea incolla alberi finti; quando la sente scendere dalla macchina si pulisce le mani in uno strofinaccio ed esce ad aiutarla. La signora Munro sta spazzando il marciapiede. Le chiedono della figlia. Forse viene oggi, dice.

Entrando in casa Ary fa: Spero davvero venga a farle compagnia. Non credo le faccia bene starsene da sola in quella casa, con quello che è successo.

Già, dice Andrea sistemando nella credenza il latte, i biscotti, il burro di arachidi; il detersivo nello scomparto stretto sotto il lavandino, lo zenzero dentro il barattolo a forma di limone, la frutta nel piatto di ceramica sopra il frigorifero; getta le confezioni nei bidoni della raccolta differenziata, il rosso per la carta, il blu per la plastica e il verde per il vetro – ogni cosa al suo posto, senza rifletterci; in casa si muove ormai con la sicurezza e l'armonia dettate dalla consuetudine.

È il giorno delle foto ai diorami. Andrea si siede in un angolo. Ary prepara la stanza, monta la macchina sul treppiede. Ha scelto di non usare gli incendi e di privilegiare i detriti, il movimento – la danza, la chiama – delle persone attorno alle macerie, borotalco come fumo. Andrea osserva e pensa che se la danza dei giocatori di baseball e dei vigili del fuoco attorno alle macerie è al centro dei pensieri di Ary – che chiude un occhio, sposta una figura, cambia obbiettivo alla macchina fotografica, accende e spegne le luci – la danza di lei attorno a quello scenario di distruzione è al centro dei pensieri suoi. È rapito dai suoi gesti floreali, Andrea. Tanto è fluorescente nel pensiero quanto è armoniosa mentre lavora: non tocca nulla che non voglia toccare e quando lo fa sembra stia seminando – che da un momento all'altro, lungo la scia tracciata dal corpo, debba sorgere una foresta di colori e uccelli dalle mille voci.

Che ne dici?

Di cosa?

Ary indica lo schermo del computer. Mi sembra sia la direzione giusta.

Andrea la raggiunge. Si china al suo fianco per osservare le immagini e non sapendo dove appoggiare la mano sinistra – con la destra lavora sul mouse per scorrere le foto – la lascia libera di sorvolarle il corpo per alcuni istanti, leggera come una farfalla. Poi, alla fine, si decide per la schiena. È sudata, la camicetta di lino le si è appiccicata alla pelle. Mi piace molto questa, dice indicandone una diafana, pizzicando il tessuto per scollarlo; poi la mano scivola sui fianchi e sente i muscoli di lei contrarsi. E anche questa, dice. S'avvicina ai capelli, ci affonda il naso; all'odore di borotalco si somma quello di rosa e cannella. Ma la seconda, ecco, questa qui, che ne pensi? È quella che preferisco, dice, e intanto le bacia il collo, e baciandola intravede il suo volto nel riflesso dello schermo. Ha gli occhi chiusi, Ary, distante l'espressione e sottili le labbra. L'abbraccia da dietro, una mano sullo stomaco, l'altra verso il seno, finché è lei a ruotare nell'abbraccio, a obbligarlo a drizzare la schiena, e lí, in piedi, in mezzo alla stanza, sentendo il calore e la consistenza del corpo di Andrea, lo bacia.

Baciandosi salgono le scale.

Baciandosi aprono la porta della camera da letto.

Baciandosi – anche se in casa non c'è nessuno – la chiudono.

Il clacson della figlia della signora Munro risuona in strada e il vento che s'insinua tra le crepe degli infissi soffia promesse e voci e odore di cibo e gratitudine.

I diorami per l'«Atlantic» vengono fotografati e sistemati in un magazzino poco distante dove Ary conserva i lavori, le foto spedite alla redazione – ma nonostante questo Andrea non lascia la casa. Ary spiega ai ragazzi di avere ancora bisogno di lui, ci sono altri lavori in arrivo eccetera, e dato che, tra l'altro, sta per calare un'ondata di gelo, neve e tutto, non può certo continuare a dormire in cortile, cosí si trasferisce sul divano del soggiorno finché, dopo una settimana, passa alla camera da letto.

La novità viene accolta dalla famiglia Patterson come tutto quello che le capita: con entusiasmo e una certa dose di fatalismo. Allison documenta su Instagram i cambiamenti nelle dinamiche famigliari e Benjamin, che spera di aver finalmente trovato qualcuno che lo porti al Citi Field a vedere i Mets, decide di spiegare ad Andrea il baseball, coinvolgendolo in una serie di allenamenti pomeridiani che lo costringono, di sera, a spalmare sul polso una pomata antinfiammatoria.

Andrea tenta di capire ciò che sta avvenendo, ma non riuscendo, sul momento, a dare un nome alle diverse sfumature di quella mutazione, si arrende all'idea di non indagarle e di accettarle, e basta: cosí beccheggia quieto, facendosi trasportare dalla gioiosa corrente della famiglia Patterson. Decide di trovarsi un lavoro, questo sí. Ary dice di avere pazienza, di non farsene un problema. Non sono certo i soldi che mi preoccupano, dice una mattina alla fine di ottobre stringendosi a lui sotto le coperte. Piuttosto il fatto che sei illegale. Cosa farai per farti mettere in regola, sempre che tu voglia restare?

Credi io debba restare?

Tu vuoi restare?

Non pensavi che ero crudele a fare quello che ho fatto?

E quindi? Non c'entra ciò che penso io, ma ciò che tu ritieni giusto.

E se non lo sapessi?

Puoi sempre decidere di non fare nulla. Le cose accadono anche se non facciamo nulla, questo è certo. Il problema è che non è affatto detto che accada ciò che noi desideriamo.

Credo di voler restare qui con voi.

Sceglilo.

...

Ti posso fare una domanda?

Sí.

Da quanto tempo non controlli la posta elettronica?

La posta elettronica?

Sí. La posta elettronica. Hai piú controllato la posta elettronica in tutti questi mesi?

...

Pensi che non ti abbia scritto nessuno? Ti sei liberato del cellulare, ma non hai distrutto l'account di posta, dico bene?

...

Dico bene?

Sí.

Aprilo. Leggi le mail che ti sono arrivate. Troverai una lettera di Agnese.

Non dire il suo nome.

Perché?

Perché no. E poi sono certo che non mi abbia scritto.

Non lo sai. Controlla. O hai paura di saperlo, di sapere che ti ama e che l'hai fatta soffrire? Dici che sai questo e sai quello, ma non sai un cazzo. Stai solo scappando.

Ary si alza, va alla scrivania e prende il portatile, l'accende e lo posa sul letto davanti ad Andrea. Mi aspettano in redazione, dice. Si fa la doccia, si veste, indossa la giacca di lana cotta, il cappello avorio, i guanti e la sciarpa, infila la borsa a tracolla ed esce di casa; Andrea sente la portiera chiudersi, il motore dell'auto, le gomme sul selciato, infine il silenzio della mattina. Resta seduto in attesa di qualcosa che non sa e stringe tra le dita la stoffa del piumino; poi lentamente si sporge, afferra il computer e lo posa sulle ginocchia. Accede all'homepage del suo account di posta e resta a fissarlo per un tempo lungo. Poi apre Google e digita «Leogrande Janitorial Services». Cerca il numero di telefono della segreteria. Lo manda a memoria e va in cucina, lo compone sul cordless. Risponde una voce femminile dal forte accento spagnolo.

Mi chiamo Andrea Luna. Sono un amico di Vincenzo Leogrande.

Una musica mariachi fatta di trombe e violini lo intrattiene mentre riflette sul fatto che Vincenzo potrebbe essere stato contattato in merito alla sua scomparsa. Agnese non lo ha mai conosciuto, ma sa di lui, del periodo che hanno trascorso insieme a New York, potrebbe aver detto alla polizia di sentirlo. Finché la voce di Vincenzo non s'intromette. Ho capito bene che chi mi cerca è Andrea Luna?

Perché? dice Andrea. Ti stupisce?

Mi stupisce? Mi sembra un miracolo, cazzo. Dove sei?

Andrea pensa che no, non sa nulla, non sarebbe quello il tono. In città, Vincenzo. A New York. Possiamo vederci?

Se possiamo vederci? Mi prendi per il culo? Oggi. A pranzo. Angolo tra la Quinta e Wythe Avenue, a Williamsburg. *Miss Favela*. *Feijoada* o *moqueca* a scelta. E sia chiaro che sei mio ospite. All'una?

All'una.

Amico mio, con la tua voce hai illuminato questa giornata di merda, sappilo. Esplode in una risata che è un colpo di fucile.

Che cazzo hai fatto?

Il locale è di legno e sembra costruito sulla spiaggia. Due ragazze brasiliane dal seno prominente, i capelli neri e la pelle che profuma di caffè servono il pesce dentro dei piatti a forma di conchiglia. Bevono birra, Andrea e Vincenzo. Il gelo è chiuso fuori dalla porta. La temperatura del locale è assurdamente alta. Vincenzo si deterge il sudore dalla fronte con il tovagliolo.

Non sono certo il primo che incontri, dice Andrea, quieto. A New York sono stimati oltre cinquecentomila irregolari. Sono il dieci per cento della forza lavoro. L'ha detto persino il sindaco, no? Ha detto che se i clandestini venissero presi e deportati la città collasserebbe. E cosa fanno? Be', mi sono informato. Al primo posto c'è la ristorazione, cuochi camerieri lavapiatti, e subito dopo gli addetti alle pulizie: *janitors and building cleaners*.

Dici davvero?

Dico davvero.

Mi stai accusando di impiegare clandestini nella mia azienda?

Andrea versa della birra nel bicchiere, poi ci ripensa; tracanna quella che ha versato e prende un sorso lungo e profondo dalla bottiglia. S'asciuga le labbra con il dorso della mano. Clandestini nell'impresa di pulizie del tuo suocero messicano? No, perché mai dovrebbero esserci dei clandestini nell'impresa di pulizie del tuo suocero messicano? Che assurdità.

Vincenzo unisce le mani come stesse pregando; un'espressione offesa e arrabbiata gli stropiccia il volto. C'è una musica allegra nell'aria. Una ragazza sfila di fianco al loro tavolo scodinzolando; chiede se va tutto bene, se serve qualcosa e Andrea dice di sí, sorridendo, che va tutto bene, e che no, per ora non serve nulla, grazie. Lei fluttua via facendogli l'occhiolino. Vincenzo nasconde la faccia nel tovagliolo, quando solleva lo sguardo sulle labbra è apparso un ghigno malizioso. Sei un bastardo, dice.

Sono certo che qualcuno di affidabile da aggiungere a una squadra ti sarebbe utile da qualche parte, dico bene? Non ti rovinerebbe certo gli affari.

Però si tratta di lavorare di notte. Vincenzo slaccia le dita e punta entrambi gli indici verso Andrea. Pulizie negli uffici. Si comincia alle nove e si finisce alle tre, cinque giorni a settimana. Dieci dollari all'ora, questa è la paga. Turni di notte. È tutto ciò che posso offrirti. Dove abiti?

Red Hook.

Si picchietta sulle tempie. Abbiamo degli avvocati vicino al Fulton Fish Market. Devi solo attraversare il ponte. Cinque piani di uffici da spazzare, cestini da svuotare e bagni da lavare. Di solito non fanno troppo casino quelli. Niente merda nei cessi e hamburger sotto le sedie, è questo quello che dico. Ride. Però... Cazzo cazzo cazzo, Andrea.

Cosa?

Non ci posso credere. Rotea gli occhi. Gli trema la voce. Cristosanto. E tua moglie?

Andrea gioca con il tovagliolo, piega gli angoli come per un origami. Era sua madre quella brava con gli origami, ricorda che gli aveva insegnato a costruire un'anatra cui tiravi la coda per farle sbattere le ali, e sapeva farci dei fiori da appendere all'albero di Natale, dei grandi fiori rossi. Quando comincio?

Vincenzo raccoglie un pezzo di pesce con le dita, lo infila in bocca; succhia facendo rumore. Andrea odia chi fa rumore mentre mangia e lo guarda con disgusto. Lunedí va bene?

Perfetto. Dove devo farmi trovare?

Tra Fulton e William. Alle otto e trenta.

Fulton e William. Otto e trenta. Ci sarò. Serve qualcosa?

Cosa?

Non so. Devo vestirmi in modo particolare o...

No, niente. La tuta te la diamo noi. Il materiale pure. Il caposquadra è un cugino di mia moglie, si chiama Rosario. Ha la tendenza a prendersi un po' troppo sul serio ma non è affatto un cattivo ragazzo, no. Gli altri li conoscerai sul posto. Non li conosco tutti nemmeno io. Senti, non ti sto certo offrendo un lavoro da gioielliere, è questo quello che voglio dirti.

Va bene cosí, Vincenzo, davvero. Grazie. Attraversa il tavolo con il braccio e gli prende un polso. Gli amici si vedono in questi momenti, non si dice cosí?

Vincenzo fa segno a una delle ragazze di portargli il conto, si accascia sullo schienale di bambú e allaccia le mani dietro la nuca. Però, dice, che cazzo di situazione...

Prima di cena Andrea e Ary escono per andare a prendere Allison a casa di un'amica e Benjamin in piscina. Ary non torna sul discorso della mail ma accoglie la notizia del lavoro di Andrea con un certo distacco, nonostante lui insista nel dirle che quella è la prova del fatto che ha scelto – e ha scelto di restare. Tornando alla macchina passano dalla Promenade; le luci del distretto finanziario incendiano le increspature dell'East River. Un aereo è appena decollato dal LaGuardia, un altro sta atterrando. Due anziani litigano, urlando a bassa voce.

Mamma ha detto di non chiedertelo, dice Allison. Lei e Andrea sono rimasti indietro mentre Ary e Benjamin si sfidano a chi arriva prima al termine della teoria di panchine.

Cosa?

Se te lo dico è come se te lo chiedessi.

Andrea vede qualcosa per terra brillare, si china e raccoglie un orecchino: il pendaglio è di pietra, a forma d'elefante. Tu cosa risponderesti? chiede a Allison, mostrandoglielo. Lei lo lascia penzolare davanti agli occhi, poi estrae il cellulare dalla tasca. Alla domanda che non puoi farmi, intendo.

Fossi in te, dice lei fotografando l'orecchino, risponderei: il piú a lungo possibile.

Mantenere gli uffici puliti e assicurarsi che i luoghi di lavoro siano salubri è il nostro compito. Ed è *fondamentale* per la produttività dell'azienda. Che il tuo luogo di lavoro sia in una piccola città o in una grande metropoli è *fondamentale* che sia affidato a un'azienda di pulizie esperta ed efficiente. Pensiamo ai batteri che si accumulano nei bagni. I batteri che si accumulano nei bagni possono causare malattie agli impiegati e se gli impiegati si ammalano perdono giorni di lavoro e se gli impiegati perdono giorni di lavoro l'azienda perde soldi. Noi siamo pagati per questo. Perché le aziende non perdano soldi a causa dei batteri. Mi sono spiegato?

Rosario è alto quasi due metri, sovrappeso. Quando Andrea si è presentato all'angolo tra Fulton e William, Rosario non ha fatto domande. L'ha scansionato da capo a piedi come per assicurarsi che fosse reale, quindi ha presentato gli altri indicandoli con la mano grassa schiusa a fatica: Lui è Alejandro, ha detto. Quello è Carlos. Suo fratello Fidel. Gustavo. Jorge. Cayetano. Santiago. E lui, ha detto facendo segno con i suoi numerosi menti in direzione di un giovane chinato a legare la propria bicicletta a un palo della luce, lui è Victor. Ragazzi, questo è Andrea. Alcuni si sono toccati la fronte in segno di saluto. Andrea, tu lavorerai con Victor e Cayetano.

Andrea ha guardato entrambi. Victor, un ventenne con la mascella affilata, si è pulito la destra sui pantaloni e gli ha stretto la mano con trasporto. Cayetano è piú vecchio, sia di Andrea che di Victor. Gli manca un orecchio. Lo ha salutato con gli occhi, ha ciondolato goffo e si è voltato per seguire il gruppo che, dietro Rosario, stava attraversando le enormi porte scorrevoli di vetro del palazzo.

Mi sono spiegato? ripete Rosario trascinando a fatica la sua massa gigantesca per i corridoi. A ogni passo rischia di buttare giú una lampada o di raschiare via un quadro dal muro.

Sí, dice Andrea.

È *fondamentale* lavorare bene perché dal nostro lavoro dipende l'economia di tutta la città. Senza di noi i batteri la distruggerebbero, l'economia della città, la annienterebbero. Ci sono i cestini da svuotare, le moquette da lavare, i mobili e le scrivanie da spolverare. I vetri e le veneziane. Ogni superficie e qualunque tipo di macchinario, dalle fotocopiatrici alle macchinette del caffè, dev'essere disinfettato. E poi i bagni. Oh, i bagni sono la trincea, la prima linea: la guerra ai batteri la si vince lí, nei bagni, ci siamo capiti?

Sí.

Ripetilo.

I bagni sono fondamentali.

Come il piatto in cui mangi. Come la tua camera. Come i posti che ti sono piú sacri.

Victor e Cayetano li seguono in silenzio.

Rosario si volta e li indica. Guarda cosa fanno loro, dice. Lavorano bene. Impara da loro e non avrai problemi.

Gli viene consegnata una tuta. Victor gli mostra lo sgabuzzino con gli attrezzi: scope, spazzole, litri di disinfettante, scatole di sacchetti, scatole di guanti e due lavamoquette.

Alla moquette devi fare attenzione, dice Victor. Se la rovini sono guai, Rosario verrà a cercarti e ti staccherà la testa con un morso. Devi prima passare l'aspiratore, che è questo qui, vedi? Qui hai un tubo flessibile a bocchetta piatta e poi c'è questo a pennello, ed è con questo che devi aspirare la polvere. Prima di lavarla devi spruzzare uno smacchiatore sulle macchie. Lo smacchiatore è questo. Prende uno spray dalla mensola, si assicura che l'abbia visto bene e lo infila nel cestino agganciato alla lavamoquette. Per riempire il serbatoio della macchina devi fare cosí – glielo mostra – e usare questo detergente qui – un'enorme tanica verde – ma devi diluirlo e per diluirlo usi questo. Victor versa l'acqua fino a raggiungere una tacca, poi aggiunge il detergente. Ecco, cosí.

Andrea registra ogni passaggio; quegli aspetti tecnici lo appagano, lo rilassano. C'è un modo giusto di fare le cose ed è stato codificato. Victor mostra la cucina dell'ufficio: sul tavolo ci sono i resti di una cena frettolosa a base di formaggio, insalata e riso cinese. Per terra c'è una macchia d'olio e rimuovere l'olio richiede una certa prassi. Gli mostra come fare: bisogna prima assorbire il liquido con la carta o con un panno asciutto, quindi diluire la giusta quantità di detersivo in acqua e strofinare con la spugna; quindi risciacquare e asciugare con uno straccio per non lasciare aloni. È solo una macchia d'olio, ma prevede un piccolo patrimonio di conoscenze artigianali.

Quella notte, la prima notte, Andrea non fa nulla se non osservare Victor e Cayetano. Prende appunti mentali su cosa fare e cosa non fare; impara la lentezza e la meticolosità. Per pulire a fondo non devi avere fretta, dice Victor – è sempre lui che parla, di Cayetano Andrea non ha ancora sentito la voce. Dopo due ore si fermano per cinque minuti – cinque minuti di pausa ogni due ore. Si siedono in corridoio, bevono il caffè che Cayetano versa in silenzio da un termos e guardano le luci della città attraverso le vetrate che s'affacciano a nord. Sono al ventisettesimo piano, i rumori della strada sono attutiti e miscelati al brusio dei generatori, quasi una radiazione di fondo.

Come sei venuto? chiede Victor slegando la bici, alla fine del turno.

Metropolitana, dice Andrea. Posso farti una domanda?

Sputa.

Cos'è successo a Cayetano? All'orecchio, intendo.

Un colpo di pistola, alla frontiera con il Messico. Non è un chiacchierone, Caye. Vero?

Non direi.

Dove devi andare?

Brooklyn. Tu?

Queens. Ti conviene procurarti una bicicletta.

Forse lo farò.

A tornare a casa, a quest'ora, in metropolitana, rischi di vedere l'alba.

Potrebbe non essere male... Vedere l'alba, dico.

Victor indossa i guanti, cala sul viso un passamontagna e si avvolge una sciarpa attorno al collo. A domani! E in un attimo è già sparito.

Andrea resta all'angolo, indeciso sul da farsi. Si stringe nella giacca, mani nelle tasche. Un taxi accosta e lui fa segno di no con la testa. Non ha voglia di scendere in stazione ad aspettare che passi un treno. Si dirige verso il ponte e l'attraversa senza accorgersi di attraversarlo, pensando al nuovo lavoro. Impiega un'ora e mezza a raggiungere casa. Si spoglia in bagno, s'infila nella doccia, l'acqua bollente. Scivola sotto le coperte in silenzio per non disturbare Ary. Lei si rigira e gli appoggia una mano alla schiena; e lui, quella pressione infinitesimale contro il corpo, è l'ultima cosa che sente prima di addormentarsi.

Si sveglia che sono le undici, la casa è immersa in un silenzio tiepido. Si accorge di avere fame, di avere fame come da tempo non capitava. In cucina, Ary è impegnata a scavare un'enorme zucca, sul tavolo ci sono scampoli di stoffa viola e verde, candele, rotoli di spago.

Buongiorno, dice Andrea. Che succede?

Halloween. C'è ancora del caffè caldo, credo.

Halloween?

Streghe, mostri, dolcetto o scherzetto. Hai presente?

So cos'è Halloween, dice versandosi il caffè. Prende la scatola dei biscotti e si siede, allunga le braccia sopra la testa per far uscire il corpo dal sonno. Che dobbiamo fare?

Voglio dire... Noi siamo quelli che vanno in giro o quelli che stanno in casa?

Speravo di cavarmela con la casa, quest'anno. Ma i ragazzi dicono che hanno pensato a dei travestimenti... aspetta, com'è che ha detto Benjamin? Hard-core, credo abbia detto. Sí, hard-core. E Allison ha aggiunto: rétro. Non vogliono dirmi cosa sono, lo scoprirò stasera.

Un travestimento hard-core e rétro?

Hanno detto cosí.

Quindi?

Quindi, finita la zucca, aggiornerò il mio solito costume da strega.

Ti vesti pure tu?

Già.

Non possono andare in giro da soli? Noi potremmo starcene a casa con un barattolo di caramelle accanto alla porta.

Prima di tutto, *io* potrei starmene a casa con un barattolo di caramelle, perché tu sarai a grattare i pavimenti, caro il mio uomo delle pulizie...

Andrea si batte una mano sulla fronte. Ecco, dice, lo sapevo. Ho fatto solo una notte e me ne stavo già dimenticando.

E poi è una tradizione di famiglia andarci tutti insieme. Ma dimmi di te.

Cosa?

Com'è andata?

Andrea immerge un biscotto nel caffè, si stringe nelle spalle. È un lavoro, ed è quello che conta. Però... c'è una quiete in quegli uffici, di notte, che non è affatto spiacevole. Mi ricorda quel monastero di cui ti ho parlato.

Quale monastero? chiede Allison entrando e sbadigliando.

Cosa fai qui? chiede Andrea. Poi, rivolto ad Ary: Niente scuola?

Ieri sera aveva un po' di febbre e oggi c'erano delle prove di atletica...

Non è per le prove di atletica, dice Allison.

Non ho detto questo.

Mamma mi ha detto dei vostri costumi, fa Andrea.

Mamma non sa che costumi sono, quindi non può averti detto nulla.

Ma mi ha detto che sono hard-core e rétro.

Allison fa il gesto di cucirsi le labbra.

Comunque, dice, sappiate che non ho mai festeggiato Halloween in tutta la vita. Beve del caffè. Il prossimo anno farò in modo di tenermi libero. Da cosa potrei travestirmi?

Lo scopriremo il prossimo anno, dice Allison.

Sono d'accordo, lo scopriremo il prossimo anno. Devo andare a prendere del nastro viola, dice Ary, aggiustandosi il pullover. Allison, tu fai colazione e torna a letto. Intesi?

Andrea immerge il biscotto nel caffè, ma quando fa per tirarlo su il biscotto si spezza e si polverizza sul fondo della tazza.

In cantina c'è una vecchia bici del padre dei ragazzi. Andrea la rimette in sesto con Benjamin e per inaugurarla, la domenica mattina successiva, decidono di andare insieme a Rockaway e visto che i travestimenti hard-core e rétro di Halloween si è poi scoperto essere da Kiss, raggiungono l'oceano cantando a squarciagola *Rock and Roll All Nite*. I gabbiani strillano e loro due, Andrea e Benjamin, legate le bici a un palo, s'inseguono sulla spiaggia e scappano dalle onde e fanno disegni sulla sabbia. Un improvviso refolo d'estate ha spazzato l'inverno; non durerà molto, ma è meglio che niente, e proprio per questo è ancora piú prezioso.

Tornando, lungo la Ocean Parkway – dopo essere stato convinto da Benjamin a offrire un caffè bollente a una coppia di anziani polacchi – Andrea scorge un cartello che promuove la mostra *Dutch Golden Age* al Metropolitan. È un fotomontaggio di tre quadri e uno dei tre è il *Figliol prodigo*. Era un po' che non ci pensava e vederlo tutt'a un tratto, cosí, per strada, produce in lui un'emozione violenta. Nostalgia senza dubbio; forse anche rimorso. Si chiede se non ha colpevolmente perso di vista qualcosa che gli era stato affidato, qualcosa come una verità. Un adesivo tondo, fluorescente, comunica che la mostra che avrebbe dovuto chiudersi a ottobre è stata prorogata fino a gennaio. Cosí, due giorni dopo, mentre Ary è a Boston per una riunione e i ragazzi sono a scuola, Andrea prende la metropolitana e raggiunge il museo con un senso di profondo, ingiustificato terrore. Ha in tasca venti dollari e pensa di darne cinque per entrare, ma mentre è lí nell'atrio, il biglietto da venti in mano, si sente chiamare. O meglio, sente qualcuno dire: Ehi! E si gira convinto che sia rivolto a lui. Infatti è cosí. Walter, piantina del museo in mano, sta spiegando a una coppia di turisti come orientarsi. Andrea aspetta che finisca; quando i due si allontanano lo raggiunge, si stringono la mano.

Felice di rivederla, signore.

Sempre in prima linea, Walter?

Sempre, signore. E anche il suo quadro è lassú, al suo posto.

Ho letto che hanno posticipato la chiusura della mostra, cosí...

Non sarà tornato dall'Italia apposta, signore.

Andrea pensa che c'è qualcosa in lui, in Walter, che lo costringe a dire sempre e solo la verità, o che per lo meno gli impedisce di mentire; forse è una questione di occhi, pensa – la loro acquosità fedele; o forse la sensazione che Walter crederebbe a qualsiasi cosa Andrea dicesse, il che renderebbe insopportabile il senso di colpa; o forse è l'astuzia, che cova sotto l'innocenza. Hai tempo per un caffè, Walter?

Stavo giusto per andare in pausa, signore.

Walter dice che la caffetteria è occupata da un ricevimento, cosí conduce Andrea oltre una porta laterale, lungo un corridoio che termina in una saletta riservata ai dipendenti. Versano il caffè e si siedono a uno dei tavolini di alluminio. Andrea fa per bere, ma d'un tratto posa la tazza. Posso raccontarti qualcosa, Walter?

Può raccontarmi qualunque cosa, signore.

Andrea inspira ed espira dal naso per mezzo minuto, come per accumulare ossigeno, poi comincia a raccontare; racconta di un uomo, di un uomo che non riesce a tornare a casa e chiede a Walter di immaginare l'impossibilità per quell'uomo di riprendere la propria vita, di immaginare la vita di strada in cui sprofonda, l'incontro con una famiglia che lo soccorre e la sensazione che ora quell'uomo ha di ingannarla, quella famiglia, nonostante abbia trovato un lavoro, perché quell'uomo è qui illegalmente e non potrà certo restarci per sempre.

Vorrebbe? chiede Walter.

Cosa?

Vorrebbe restarci per sempre?

Forse.

Forse?

Forse vuole restare perché si trova bene. Ma forse vuole restare perché non ha il coraggio di tornare.

E perché non ha il coraggio di tornare?

Perché si vergogna.

Di cosa?

Di quello che ha fatto. Ha fatto una cosa orribile, sparire in quel modo...

Entra una donna con la stessa uniforme di Walter. Saluta, osserva incuriosita Andrea, si riempie una tazza di acqua calda, sceglie una bustina di tè dopo averne studiate alcune da sopra gli occhiali ed esce.

Si sente in colpa? chiede Walter.

Credo di sí.

Si sente in colpa o si vergogna?

Si sente... Oh, ma che differenza fa, Walter?

Walter si gratta la guancia. Mia madre faceva la maestra, sa? Prima di annegare. Le ho mai detto che mia madre è annegata?

Sí.

Ecco, mia madre aveva questa riserva di saggezza, frasi a effetto che usava con i suoi alunni. E con me. E tra le varie c'era il discorso sul perdono. Walter esplode in una risata che si risolve in un attacco di tosse, cerca il fazzoletto in tasca, lo porta alla bocca. Mi scusi, dice. Il fatto è che il discorso sul perdono era il suo preferito. Credo si divertisse piú lei a farlo di quanto non le interessasse farci capire cosa diceva. Ma il fatto, in ogni caso, è che lei diceva le cose in questo modo trasparente, che era impossibile poi non capire dove volesse andare a parare, non so se mi spiego. E il discorso sul perdono partiva proprio dalla differenza tra vergogna e senso di colpa, perché la vergogna, signore, la vergogna è come dire «io sono sbagliato» mentre il senso di colpa è come dire «ho fatto una cosa sbagliata», ecco qual era il succo del discorso.

Andrea annuisce.

La vergogna è una pozza di sabbie mobili, ti muovi e ti disperi e non fai altro che affondare. Conosco uno che si è ucciso, per la vergogna. Glielo giuro, signore. Si è sparato con un fucile davanti ai figli, roba da non credere. E se solo avesse pensato che non era vergogna quella che provava, ma senso di colpa, sarebbe bastato dire: ho fatto una cosa sbagliata. Walter si sistema sulla sedia e fa una smorfia, come se la gamba gli facesse male. Tutti facciamo cose sbagliate, dice. Ma noi non *siamo* l'errore. È questo ciò che diceva mia madre, sa? Noi non siamo l'errore, siamo solo quelli che l'hanno commesso. E per lavare via una colpa basta pentirsi, sinceramente. Tace, poi riprende. Dovrebbe dirlo a quell'uomo di cui stiamo parlando. Dovrebbe farglielo sapere, se è un suo amico.

Lo farò.

Non vorrei esserle sembrato troppo sicuro di me nel dirle queste cose, signore. È che se m'infervoro divento saccente. Ride. Spero di non averle dato quest'impressione.

Nemmeno un po', Walter. Nemmeno un po'. Te l'assicuro.

Bisogna guardare in faccia la realtà. È quello che mi ha insegnato mia madre, ed è quello che cerco di insegnare ai miei figli.

A volte però sembra sia la realtà a voltarci le spalle, non credi?

A volte, sí. Potrebbe. Se però stiamo parlando dell'uomo che non sa se vuole fermarsi nella nuova famiglia o tornare dalla moglie, be', mi scusi se lo dico, signore, ma non c'è nessuna realtà a voltargli le spalle. È che certe decisioni sono difficili. Tossisce di nuovo, si protegge la bocca con il fazzoletto e l'occhio gli cade sull'orologio da polso. Accidenti. Ora devo tornare al lavoro, signore. Mi spiace.

Si alzano e sistemano le sedie. Walter fa per portare le tazze nel lavandino, Andrea lo ferma. Ci penso io, dice, tu vai pure. Gliele prende di mano. La strada per uscire la trovo da me. Sei stato prezioso, Walter.

Viene su a vedere il quadro, signore?

Senza dubbio, dice Andrea. Ma nel momento in cui lo dice si rende conto che non lo farà.

Walter sorride e s'allontana zoppicando. Incrocia un collega, si scambiano una pacca sul braccio. Lascia nell'aria come una sensazione di completezza che Andrea cattura con il respiro, e serra le labbra per impedirle di fuggire.

I giorni di caldo hanno spinto via il gelo; è un autunno chiassoso, ora, a illuminare la città. Un pomeriggio, passeggiando con Ary per Prospect Park, in mezzo agli aceri incendiati di giallo e di rosso, Andrea pensa che quella che per noi è una prova della meraviglia della natura, in realtà è un urlo di dolore – le foglie stanno morendo, dice ad Ary.

Questo sí che è un pensiero cinico.

È la verità, fa Andrea. E non è affatto un pensiero cinico. Semmai realista.

E dove ci porta il tuo *realismo*?

Dove ci porta? ripete Andrea alzando gli occhi al cielo. Ary si è accorta che quando si concentra gli spunta una ruga fine a mezzaluna accanto all'occhio e le labbra perdono colore. Ci porta ad apprezzare le cose per quello che sono, senza doverci mentire per sopportare la transitorietà della vita, dice stringendola a sé. O anche solo le sue trasformazioni.

Dici?

Dico.

Sai cosa vorrei adesso?

Cosa?

Che del cioccolato solido si trasformasse in una cioccolata calda. E del latte in panna.

Saresti in grado di sopportare la transitorietà di questo evento?

Credo di sí, dice Ary.
Be', proviamo, dice Andrea.

Per raggiungere l'incrocio tra Fulton e William usa la bicicletta rimessa a posto con Benjamin; sono trentacinque minuti che percorre volentieri, sia all'andata sia al ritorno. Con Victor e Cayetano si trova bene. Impara a usare i prodotti giusti a seconda delle necessità, e tutto quel pulire e disinfettare e igienizzare, di notte, in quegli spazi abitati fino a poche ore prima, ha su di lui un effetto espiatorio.

Una sera Vincenzo appare sulla soglia di uno dei cubicoli che Andrea sta finendo di spolverare. Ehilà! dice avventandosi su di lui. Victor e Cayetano si sporgono per vedere chi è che sta parlando. Allora, come va?

Andrea è sorpreso. Dopo il pranzo al *Miss Favela* non l'aveva piú né visto né sentito. Tutto bene, dice togliendosi i guanti e stringendogli la mano.

Cazzo, se mi fa strano vederti qui, tuta e spolverino. Ma guardalo, il nostro ragazzo.

Se non sai cosa fare e vuoi darmi una mano, dice, magari viene voglia di farlo pure a te. Lo dice come fosse una battuta, ma il tono è serio.

Vincenzo scoppia a ridere e dice che quasi quasi gliela dà davvero una mano, che non sarebbe male se una notte di quelle la trascorresse lí a vedere come vanno le cose. All'inizio lo facevo, dice. Ora passo le giornate a discutere e fare conti. Ma non bisogna perdere il contatto con la base.

Andrea rigira la frase in testa, si chiede se Vincenzo fosse già cosí quand'erano ragazzi.

E i tuoi due *compañeros*? Come ti trovi? Indica con il mento il cubicolo dove Victor e Cayetano stanno cercando di grattare via una macchia appiccicosa dalla scrivania.

Bene. Molto, molto bene. Non potrei chiedere di meglio.

Ci si vede un giorno di questi?

Perché no?

Mi piacerebbe presentarti mia moglie Rosa. E le bambine.

Andrea sorride, pensa che non ha nessuna voglia di andare a casa di Vincenzo. Non è interessato a conoscere sua moglie e tantomeno le figlie. Quando vuoi tu, dice.

Potrebbe venire anche... Come si chiama?

Ary?

Ecco, lei. Potrebbe venire anche lei. Ha due figli, giusto?

Sí.

Potreste venire tutti. Che ne dici?

Certo. Perché no? Gliene parlo.

Non hai un cellulare, vero?

No. Ma puoi cercarmi a casa di Ary. Ti ho lasciato il numero?

Non mi sembra.

Andrea prende un blocchetto degli appunti dalla scrivania che stava pulendo e scrive il numero di telefono di casa Patterson. Ecco.

Vincenzo lo piega e lo infila nella tasca della giacca. Allora ti chiamo. Va bene?

Bene.

Lo saluta a distanza con una specie di sorriso. Va all'ascensore e Andrea non si muove, non muove un muscolo, finché non sente le porte aprirsi, Vincenzo entrare, le porte chiudersi. Quindi si lascia cadere su una sedia, sospirando. Pensa che è davvero uno stronzo – e intende sé stesso, non Vincenzo; stronzo e ingrato. Vincenzo gli dà un lavoro e, nemmeno il tempo di cominciare, lui si è già messo dalla parte di quelli che pensano che il padrone sia una merda. No, non può essere solo quello, pensa. E allora cos'è?

Cos'è che gli ha dato tanto fastidio in quella visita di cortesia – la visita di un amico, di uno dei suoi pochi amici? Ecco perché ne ho cosí pochi, pensa.

Pausa? dice Victor affacciandosi.

Pausa, fa Andrea, picchiando le mani sulle cosce. Pausa e ancora pausa.

Si siedono sempre nello stesso posto, di fronte alle immense vetrate che dànno sulla notte e sulla città. Cayetano, in silenzio, distribuisce il caffè.

Lo conosci da tempo? fa Victor.

Andrea sorseggia il caffè, è bollente. Da molto tempo, sí. Da quand'eravamo ragazzi. La prima volta che siamo venuti qui ci siamo venuti insieme, lavoravamo in un ristorante.

È una brava persona.

Andrea volta la testa e guarda Victor negli occhi. Perché dici questo?

Cosí, tanto per dire. Fa roteare il caffè nella tazza. Con me è stato gentile.

Conoscevi sua moglie o la famiglia di sua moglie?

Li conosceva un nostro amico. Uno che ha vissuto con me e i miei zii in Oklahoma, quand'ero bambino.

Sei nato in Oklahoma?

No, magari fossi nato in Oklahoma. Mi ci hanno portato quando avevo due anni, un *pollero* pagato dai miei genitori.

Un *pollero*?

Un trafficante. Doveva recapitarmi dai miei zii, e questo è quello che ha fatto. Cosí sono cresciuto prima a Oklahoma City, poi ci siamo trasferiti a Houston. Ma sia chiaro che anche se non sono nato in questo paese non vuol dire che non mi senta americano. Infatti, dice, infatti mentre crescevo mica mi sentivo un illegale. E invece lo ero, eccome. Solo che ero troppo piccolo per capirlo, per capire cosa voleva dire essere *illegale*. E vuoi sapere un'altra cosa? Non mi sento illegale neppure adesso. Batte le mani e scuote la testa. Non mi sento altro che americano. E in fondo sono cresciuto qui, accidenti, cosa dovrei sentirmi? Sono stato qui tutta la vita. Fino al giorno in cui mi hanno fermato per un controllo mentre guidavo in stato di ebrezza. Sí, questo è vero. Tornavo da una festa ed ero un po' sbronzo. Ma non avevo fatto nulla di male, mai fatto niente di male in tutta la vita. Avevo diciannove anni e mi hanno rimpatriato. Mi hanno caricato su un autobus e mi hanno scaricato appena superato il confine. Non è stata una passeggiata, lasciatelo dire.

E poi?

E poi ho messo insieme i soldi, ho pagato un altro *pollero* diciotto anni dopo il primo ed eccomi qui. Ora non mi faccio piú beccare, no. Scuote la testa, come per scrollare via la tristezza e i brutti ricordi. Ora non mi faccio piú beccare.

Quanti anni hai, Victor?

Ventidue.

Ventidue, accidenti.

Già.

Tu, Cayetano?

Cayetano richiama negli occhi buoni la coscienza, ci pensa come stesse calcolando la cifra, lo sguardo immerso nelle scie luminose delle auto giú in strada. Quarantadue, dice.

Andrea pensa che gliene avrebbe dati una decina in piú. Sei messicano?

Fa no con la testa. Onduregno, dice.

Il suo orecchio sinistro è un grumo di carne cicatrizzata. Andrea lo indica. Com'è successo?

Un colpo di pistola.

Chi ha sparato?

Cayetano non risponde, fa un gesto evanescente con le spalle, come a dire che non ha importanza.

C'è mancato poco.

Sí, dice gentile. Sono stato fortunato.

Sei qui da molto?

Nuovo silenzio, nuovi calcoli. Vent'anni, dice. Vent'anni e tre mesi. Ogni parola è come se stesse chiedendo scusa, le labbra distese in un sorriso timido. Indossa delle scarpe logore, macchiate di vernice; è probabile che di giorno faccia altri lavoretti per integrare. Si volta verso Andrea, i loro occhi si sfiorano per un istante, ma subito Caye fa rotolare lo sguardo sul pavimento, come una biglia, e Andrea sente improvviso il desiderio di abbracciarlo.

Che cazzo state facendo? Rosario appare alla fine del corridoio; occupa interamente, con il corpo, lo spazio della porta. Alla sua destra, nel buio della notte, la città manda segnali luminosi in un alfabeto Morse che nessuno al mondo potrebbe interpretare ma che decifrati, pensa Andrea, racconterebbero molto di tutti noi: di chi siamo e di chi vorremmo essere. La pausa è una *pausa* cazzo, non un'occasione per farsi pompini. Vi voglio al lavoro. Adesso. Al piano superiore. Ci sono i batteri, cazzo, i batteri da annientare.

Novembre e dicembre sono mesi di trasformazione: giorno dopo giorno ciò che all'inizio era sembrato raro, sorprendente – situazioni quotidiane, eventi minimi che filtrati dalla presenza inusuale di Andrea agli occhi di ciascun membro della famiglia erano apparsi ammantati di una luce inedita – si trasforma con incredibile rapidità in routine; rapidità sulla quale, a dirla tutta, Andrea si trova a riflettere senza giungere a una conclusione particolare se non l'idea che l'uomo, in quanto animale predatore, si adatti bene a vivere lí dove trova del nutrimento, intendendo il termine *nutrimento* nel modo piú stratificato possibile.

Ary lavora per conto di «Scientific American» a una serie di diorami sulle fonti di energia: miniere di carbone con tanto di cratere, rampe, silos e nastri trasportatori o, se sotterranee, torri di estrazione, pozzi verticali e benne di caricamento; impianti di trivellazione per il petrolio e quindi torri di perforazione, serbatoi e autocisterne; centrali idroelettriche, nucleari e impianti eolici. Andrea la aiuta nella ricerca e spesso viene inviato in bicicletta di corsa a Bushwick, dove si trova un magazzino che vende all'ingrosso materiale per modellismo e che fa un'eccezione per Ary, concedendole di acquistare anche solo piccole quantità di un certo terriccio o di una particolare qualità di filo.

Certi giorni, quando Andrea si sveglia, a metà mattina, Ary interrompe quello che sta facendo, gli porta il caffè a letto e s'infila sotto le coperte. Con Ary, Andrea si scopre un partner fantasioso e paziente e, sul piano fisico, ricettivo e premuroso; cosa di cui Ary si mostra consapevole. Lei avvolge l'atto sessuale in chiacchiere e risate, e non sembra stupita del suo desiderio costante di toccarla e baciarla; si prendono cura l'uno dell'altra come mai era capitato, a nessuno dei due, nella vita.

Non che possa vantare esperienze particolari – neppure numerose – ma Andrea non ha mai incontrato prima d'ora una persona tanto a suo agio nel proprio corpo, e cosí tranquilla nel porgere la propria nudità. Spesso restano a letto abbracciati, a lungo, con la luce del giorno che filtra attraverso le tende bianche e le piante grasse allineate lungo il davanzale della finestra. Lei appoggia la testa contro la sua spalla e lui gioca ad arrotolarle i capelli, a creare riccioli che subito evaporano.

A volte Ary ha dei rapidi scatti d'ira nei suoi confronti, per lo piú dovuti al pensiero di ciò che ha fatto – Chi mi impedisce di pensare che una notte, cosí, *tac*, non tornerai dal lavoro, e che nessuno di noi saprà piú nulla di te, dimmi, chi me lo impedisce? – ma sono temporali estivi che non lasciano residui. Ary, infatti, non ha mai chiesto nulla: non gli ha chiesto di fare promesse e non parlano *mai* del futuro. L'impressione è che se davvero, dopo un turno di lavoro, Andrea non dovesse rientrare a casa, lei se ne farebbe una ragione. La sua vita, e la vita della sua famiglia, riprenderebbe a scorrere lungo un alveo già sperimentato; semplicemente con un bagaglio di memorie ed emozioni in piú.

A metà novembre Benjamin interviene per difendere un compagno affetto dalla sindrome di Treacher-Collins da Kocinsky, Mao e Randy e Kocinsky, Mao e Randy gli rompono due dita della mano destra. La cosa – È la prima volta che succede, dice Ary – sembra avere su di lui un qualche effetto. Benjamin ha avuto fin da piccolo – da molto, molto piccolo – la naturale propensione a ergersi in difesa delle ingiustizie e fin da piccolo – da molto, molto piccolo – è stato abituato a soffrire per questo. Non sto nemmeno a raccontarti quanto fosse legato a suo padre, dice Ary. Non sapeva ancora camminare che già tentava di nascondergli la bottiglia. E ha sempre avuto questa sorprendente, stupefacente capacità di non deprimersi di fronte all'inevitabile fallimento delle sue missioni di soccorso. Mai. Quasi fosse conscio del fatto che le persone, ecco... che alla fine le persone si salvano se vogliono essere salvate. E nulla piú. Che ha senso provarci, ma non farne una malattia.

Ma quella volta è diverso.

Comincio a essere un po' stufo, dice Benjamin ad Andrea, dopo cena. Ary e Allison stanno studiando in cucina e loro due hanno affittato *L'uomo che uccise Liberty Valance* che secondo Andrea è uno dei film migliori di John Wayne. Sono seduti sul divano uno accanto all'altro.

Di cosa?

Benjamin si gratta la testa con le dita steccate. Essere picchiati. È stancante.

Lo penso anch'io.

Solo che è difficile evitarlo.

Be', dipende...

Da cosa?

Da come ti comporti.

Smettere di fare le cose per cui si viene picchiati, quindi?

Questa potrebbe essere una soluzione.

Sullo schermo, di fronte alla propria abitazione nel deserto, fra i cactus in fiore, John Wayne sta insegnando a James Stewart, il futuro senatore Ransom Stoddard, a sparare con la pistola. Non credo sia questa la soluzione, dice Benjamin.

Non posso insegnarti a sparare, mi spiace, dice Andrea. E neppure a fare a botte. Non ho mai sparato e mai fatto a botte in vita mia.

Non pensavo neppure a questo.

Allora?

Benjamin si volta verso Andrea. Una volta mi hai detto che ti piace correre.

Esatto.

Pensavo a questo.

A cosa?

A correre.

A *correre*?

Alla fuga. Insomma, intendo dire... non si dice che la miglior difesa è la fuga?

Si dice che la miglior difesa è l'attacco.

Benjamin aggrotta le sopracciglia. Non saprei, la fuga ha molti punti a suo favore.

Ad esempio?

Ad esempio... ad esempio che non c'è contatto fisico, nella fuga. Cioè, se riesci a scappare intendo. Ma la fuga serve proprio a quello, a scappare e a evitare il contatto fisico. Dico bene? Io è quello che vorrei evitare. La fuga è il futuro. La fuga, se sei in pericolo, se ti *senti* in pericolo, è ciò che ti permette di averlo, un futuro. Giusto? Ed è al futuro che dobbiamo pensare. Potremmo vergognarci perché ci sentiamo dei codardi, potrebbe capitare, ma è quello, il futuro, ciò su cui dobbiamo concentrarci. E io... io voglio averlo un futuro. Io devo solo imparare...

Ehi ehi ehi, ferma, va bene. Domani pomeriggio andiamo a correre.

Davvero?

Mezz'ora di corsa leggera, tre volte la settimana, e guai a te se ne manchi una.

Il volto di Benjamin s'illumina di una luce molecolare e irradia nella stanza un calore che Andrea riceve come un attestato di cittadinanza. E che lo radica al posto in cui è: quel divano, quella casa, in quel momento. Benjamin offre il pugno, contro il quale Andrea fa collidere il suo. Non si dicono nulla; non c'è altro da dire. Lee Marvin, intanto, fa lo sgambetto a James Stewart e il vassoio che sta trasportando cade per terra. Marvin ride, i suoi sgherri con lui. Finché: Quella era la mia bistecca, Valance – dice Wayne, alzandosi da tavola. L'osteria piomba nel silenzio.

La stanza di Allison – ciascuno dei ragazzi ha la propria ed entrambe dànno sul retro della casa, verso un parcheggio – è tappezzata di fotografie. Sono per lo piú foto di famiglia o ambienti urbani: loro due da bambini con un cane, o davanti a un lago, o ai giardini; Ary insieme ai propri genitori in una caffetteria, il profilo di Ary che guida, Benjamin travestito da Uomo Ragno, e poi le ragnatele di fili dei pali della luce, il muro esterno della piscina di Central Park, le vetrine di alcuni negozi kosher, una pozzanghera in cui si riflette l'insegna di un cinema.

Le hai fatte tutte tu? chiede Andrea. Pensa che alla sua età le ragazzine al muro della camera hanno poster di film, adolescenti in maglietta bianca con le dita nei passanti dei jeans e gruppi punk-rock in atteggiamenti trasgressivi. Cosa ci trova Allison in una rete metallica avvolta attorno a un cestino dei rifiuti o in un pattino da ghiaccio appeso a un albero?

Allison è sdraiata sul letto a pancia sotto, sta leggendo. Sí, dice. Tranne quelle in cui io e Benjamin siamo piccoli, e quelle in cui io sono presente nella foto.

Caspita, fa Andrea.

Ti piacciono davvero?

Molto.

Allison chiude il libro, si alza, apre un armadio, tira fuori una scatola, estrae una vecchia macchina fotografica a rullino e una digitale graffiata e ammaccata. Ho cominciato con questa, dice mostrando ad Andrea la vecchia analogica. E poi sono passata a questa, e soppesa la digitale sul palmo della mano. Ma da quando ho scoperto Instagram ho smesso di usarle e scatto solo con il cellulare. Ho quasi ventimila persone che mi seguono.

Ventimila?

Sí.

Ventimila è un sacco di gente.

Una ragazza della mia scuola ne ha piú di quarantamila.

Chi sono?

Chi?

Quelli che ti seguono.

Non saprei. Per lo piú ragazzi della mia età. Di tutto il mondo.

Di *tutto* il mondo?

Di tutto il mondo. Le foto sono un linguaggio universale, dice Allison. Mentre lo dice sorride e annuisce. Già, aggiunge, come per darsi da sola una conferma.

Già, ripete Andrea. Fa scivolare lo sguardo sulla parete tra le costellazioni di visi e luoghi, di stagioni e ore del giorno e della notte. Posso chiederti una cosa?

Certo.

Però non sei obbligata a rispondermi, ci siamo capiti?

Sono pronta.

Non ci sono foto di tuo padre.

No, dice Allison rapidamente – troppo rapidamente, pensa Andrea. Ci saranno quando tornerà. Chiude gli occhi e si concentra, come se le parole fossero cadute in un crepaccio e dovesse calarsi con la corda per recuperarle. Chi se ne va di casa in quel modo non ha diritto nemmeno al ricordo, dice.

Lo credi davvero?

Lo ha detto ieri mamma a una sua amica, al telefono. Fuori dalla finestra il vento piega i rami di un grosso albero che è cresciuto nel centro del parcheggio; le radici stanno distruggendo il cemento.

Stava parlando di lui?

Non lo so. Ho sentito solo quella frase, ma aveva una voce triste. Stava senza dubbio parlando di lui, non credi?

Un sabato mattina – mancano dieci giorni a Natale e alla radio hanno detto che nel pomeriggio potrebbe nevicare – Andrea e Benjamin escono a correre; ormai è un mese che, tre volte alla settimana, s'infilano la tuta e disegnano un rettangolo di quasi un'ora per le vie trasandate di Red Hook e Benjamin ha già modificato in modo evidente sia la postura sia la resistenza. È scemato persino il bisogno di parlare. Le prime volte trovava difficile correre concentrandosi sulla corsa e sentiva la necessità di alleviare la fatica con la chiacchiera mentre ora, con Andrea, escono di casa in silenzio e senza dire una parola cercano il ritmo adatto a quella giornata – Ogni giornata ha il suo, ha detto Andrea. Ascoltano il respiro e in silenzio rientrano a casa, pronunciando frasi scarne per decidere chi per primo debba fare la doccia, mentre si slacciano le scarpe seduti sugli scalini. Benjamin è convinto che entro la fine dell'anno sarà imprendibile. La fuga è il futuro, ripete salendo le scale in direzione del bagno. La fuga è il futuro.

Andrea entra in cucina e abbraccia Ary da dietro, immersa nel vapore che esce da una grossa pentola; profuma di pomodoro e curry.

Ary reclina la testa. Domani andiamo a pranzo da Vincenzo, allora.

Andrea lascia la presa e le passa accanto. Scusa?

Ary abbassa il fuoco imbarazzata. Andrea è stupito e lei è stupita del fatto che lui sia stupito. Ho fatto qualcosa che non dovevo?

Non lo so, dice Andrea. Non so cos'hai fatto. Cos'è 'sta storia di Vincenzo?

Ha chiamato stamattina. Ha detto che ne avevate parlato e che anzi si scusava per non averci ancora invitati. Ha chiesto se domani eravamo liberi e visto che non abbiamo impegni ho detto di sí. Ho fatto male?

Andrea incrocia le braccia. No. Certo che no.

La tua faccia dice un'altra cosa.

No. Nulla. È... Stanno nel Queens, giusto?

Sí.

Già.

Puoi sempre richiamare. Digli che mi sono scordata di un impegno precedente.

No, figurati. Sarebbe sciocco. È giusto andare.

Be', questo è quello che penso anch'io. È un tuo amico. Oltre a essere l'uomo che ti ha dato un lavoro. Non capisco cosa c'è che non va.

Neppure io, Ary, dice Andrea. È che forse mi ricorda qualcosa che... Forse mi obbliga a fare confronti. Non lo so.

Tra chi?

Dalle scale sfiata l'urlo di Benjamin, dice che la doccia è libera.

Tra quanto si mangia? chiede Andrea. È probabile che tuo figlio sia affamato. E io lo sono piú di lui.

Dieci minuti.

Mi lavo e scendo.

Io sono qui, dice Ary. Ha il viso umido di vapore e scruta dentro la pentola, come potesse vederci mondi lontanissimi. In quel momento Andrea decide che, prima che la mostra chiuda, la porterà al Met a vedere il quadro. Vuole che lo veda – e desidera, lui, vederlo con lei accanto.

Vincenzo abita al quinto piano di un palazzo da cui si scorgono i tabelloni del Citi Field, lo stadio dei Mets. Durante la notte un sottile strato di neve si è posato sulle strade e sotto un cielo gonfio le luci natalizie diffondono i bagliori insistenti di una festa che a New York è impossibile scansare. Andrea è indispettito da quella felicità coercitiva, Benjamin e Allison cantano *Santa Claus Is Coming to Town* mentre lui parcheggia e mentre salgono su per le scale tenta di convincersi di averlo sempre odiato, il Natale, anche se non è cosí.

Rosa dà loro il benvenuto con un bicchiere di spumante in mano. Il maglione grigio-bianco è chiazzato dalle luci colorate a intermittenza dell'albero. Il calore dell'appartamento, gli addobbi appesi ovunque e la radio in sottofondo avvolgono Andrea come una ragnatela e lui si sente una mosca in attesa del ragno.

Benvenuti, entrate, dice Vincenzo, apparendo alle spalle della moglie. Questa è Rosa. E loro sono Giulia e Dolores.

Ary, dice Andrea. Questo pezzo d'uomo è Benjamin e questa meraviglia della natura è Allison. Non riesce a dire una sola parola che non lo faccia sentire un idiota.

Prendete da bere, datemi i cappotti.

Bellissimo, bellissimo appartamento, dice Andrea. Avete anche il terrazzo?

E come no? Seguimi. Vincenzo offre ad Andrea un bicchiere di prosecco. La porta scorrevole si spalanca appena tocca la maniglia. Fuori è il bianco: bianco il cielo, bianche le strade.

Quello è il Citi Field, dice Andrea.

Vincenzo getta uno sguardo ai tabelloni con la scritta «citi» in lettere minuscole e «FIELD» in lettere maiuscole arancioni. Non ti sfugge nulla, dice.

Pensi che stia buttando via la mia vita, vero, Vincenzo? Dovesse dire da quale anfratto dell'anima è sgorgata quella domanda, Andrea non sarebbe in grado. Per un istante pensa di correre via; non riesce a credere di aver detto ciò che ha appena detto.

Vincenzo respira a fondo; non sembra stupito, lui. Sorseggia il vino, fa schioccare la lingua contro il palato, come una consonante clic delle lingue khoisan, e preme la mano nello strato sottile di neve che si è accumulata sul muretto attorno a un certo numero di vasi pieni di terra, ma senza piante. È questo quello che pensi di me?

Ti ho chiesto se tu pensi questo di me, dice Andrea sottolineando il *tu* e il *me* con un movimento rapido della mano. Cosa vuol dire se è questo quello che penso io di te?

Ricordo come fosse ieri la notte che ti chiamai per chiederti se volevi venire con me a New York. C'era tutta quell'elettricità nell'aria e la voglia di dimostrare che valevamo qualcosa, dico bene? Già quella sera ebbi come la sensazione, ma tu dimmi se mi sbaglio, perché può darsi che mi stia sbagliando, ebbi la sensazione che tu, per un istante, un istante infinitesimale, mi avessi odiato perché a chiamare ero stato io, e non tu. Ho avuto la sensazione, e credimi, non ci avevo mai piú pensato da allora, ho avuto come la sensazione che mi stessi per dire di no perché il colpo di reni era arrivato da qualcun altro, perché non eri stato tu a dire: è giunto il momento, leviamoci dai coglioni e andiamo a prenderci quanto ci spetta.

Vincenzo...

Fammi finire, cristosanto. Solleva la mano che tiene il bicchiere, distende il braccio e punta l'indice. Ora mi fai finire, va bene? E mentre lo dice si volta rapido verso la sala da cui arrivano risate e musica. E la stessa impressione, dice abbassando il tono della voce, l'ho avuta quando alla fine hai deciso di tornare in Italia mentre io scegliervo di restare. Non stavi andando via: stavi scappando. E per giustificarti hai tirato in ballo quella ragazza irlandese di cui ti eri innamorato, Dáire. È da quando ti conosco che sei cosí, Andrea. Sto forse dicendo cazzate? Poi ti presenti, mi chiedi di farti lavorare, non come se mi stessi chiedendo un favore, ma come se mi avessi scoperto a trafficare in affari illeciti e quindi io non potessi fare altro che dirti di sí, quando qui, faccio notare, l'illegale sei tu, non io, poi sparisci, neppure una telefonata per dirmi come ti trovi, se va tutto bene e quando io passo a trovarti sul lavoro mi guardi come fossi uno stronzo...

Non è...

Invece è, Andrea. *È*. Non prendermi per il culo. Sei tutto e il contrario di tutto. E sai perché? Perché non sai chi cazzo sei. Ecco perché. Ma non lascerò che tu venga qui a dirmi chi sono io. Perché io lo so, chi sono. Ed è per questo che ti ho invitato qui, oggi, anche se sapevo che non saresti voluto venire. Perché io sono Vincenzo, lo stesso che piú di dieci anni fa ti ha chiamato per chiederti di andare con lui a New York, e che ora è stato felice di ritrovarti e aiutarti. E quel Vincenzo, lo stesso che eccetera eccetera, be', sai cosa? Ha voglia di augurarti buon Natale. Quindi Andrea, che tu sia in grado di accettarlo o no... 'fanculo e buon Natale. Alza il bicchiere come per un brindisi, finisce il prosecco e si asciuga le labbra. Dei ragazzini in strada fanno esplodere i petardi.

Andrea è stordito; stordito e rivitalizzato. Ciò che pensa, tutto ciò cui riesce a pensare è che Vincenzo ha ragione. E ammetterlo è allo stesso tempo doloroso e curativo. Vincenzo rientra in casa. Rosa e Ary stanno parlando di un programma televisivo dedicato alle scuole del distretto di New York, mentre tra la camera e il soggiorno le bambine aiutano Allison ad allestire un set fotografico e Benjamin si è impadronito di una vecchia chitarra acustica e tenta di ricavarne suoni che non sembrino le urla delle banshee. Per il resto del pomeriggio Andrea e Vincenzo non tornano piú su quanto è accaduto. La neve riprende a cadere e loro si infagottano in chiacchiere inutili e gentili, e sorrisi, come se le parole fossero rimaste fuori al gelo, come se fosse stato impedito loro di oltrepassare il muro di luce che separa quella festa da tutto ciò che di piú buio e fragile c'è nella memoria delle persone.

Tra Capodanno e l'Epifania Ary e Andrea escono di casa per andare al Metropolitan – sono gli ultimi giorni della mostra. Nessuno dei due ricorda di averlo mai visto cosí pieno di turisti. Ary fa notare che dato che abitano a New York avrebbero potuto evitare di andarci durante le vacanze invernali, ma Andrea ribatte che se non fossero andati in quei giorni alla fine l'avrebbero persa perché l'esposizione chiude a metà gennaio e lei, Ary, deve partire per Miami il dieci, per qualcosa che non ricorda cos'è.

Una volta dentro non si dirigono subito verso la Tisch Gallery, ma percorrono le sale del primo e del secondo piano con lentezza indifferente, come per accerchiarla e quando alla fine entrano nella sala dedicata a Rembrandt Andrea posa le mani sulle sue spalle invitandola a ruotare, con devozione, come su una pedana, in direzione del dipinto.

Il figliol prodigo è ancora lí.

Andrea è inebriato come avesse, fino all'ultimo, temuto di non trovarlo. E invece eccolo, nelle sue ombre e nell'infinita dolcezza di quell'abbraccio che racconta la storia di un ritorno e di un perdono. È lí nella luce che irradia. E con lui ci sono loro, loro e nessun altro. La calca che rendeva difficile, fino a un istante prima, anche solo stare fermi, ora è scomparsa – il museo sprofonda in un silenzio siderale.

Che ne dici? chiede Andrea

Sono senza parole.

Già.

Quello alto è il fratello maggiore, giusto?

Sí.

E le mani del padre. Guarda le mani del padre. Gli occhi. È cieco. Ora capisco quello che dicevi. La pietà. La totale rimozione dei peccati.

Non ti viene voglia di essere accolta in quel modo? Lo sei mai stata?

No, dice Ary. Non credo di esserlo mai stata. Ma tu mi hai sempre parlato dei figli. Di come ti sei sentito attratto. No, non attratto. Identificato. Prima in uno e poi nell'altro.

Perché? Tu chi pensi di essere?

Be', ecco... io non saprei, non saprei dirtelo; non so chi sono adesso, e se devo essere sincera nemmeno m'importa. Ma so che di sicuro un giorno, quando riuscirò, e se ci riuscirò, vorrei essere lui, dice indicandolo, il padre. Quella frase esplode in un punto profondissimo della coscienza di Andrea. Perché iniziamo tutti con l'essere figli, continua Ary. Ma siamo tutti, tutti chiamati a diventare il padre, alla fine. Si volta. Dico bene?

Gennaio è freddo intenso e brina e la risposta a quella domanda – dico bene? – resta intrappolata nel ghiaccio insieme con le accuse di Vincenzo. Febbraio è famiglia e affetto; escono pochissimo di casa. Ary lavora a un diorama sul colonialismo: savana e ferrovia, cricket ed esportazione delle merci. Marzo è amore e sesso, spesso durante il giorno, quando Benjamin e Allison sono a scuola. Ed è leggerezza, marzo, lievità e magia, come quando pensi che basta chiudere gli occhi perché il mondo scompaia: se non ti vedo, vuol dire che non ci sei. Aprile è il mondo che bussa alla porta e Rosario, una sera, che prima di farli salire negli uffici: Devo dirvi una cosa. Una cosa brutta. Si tratta di Cayetano, lo conoscevamo tutti, ma Andrea e Victor facevano parte della sua squadra quindi, ragazzi, è a voi due che penso quando dico che è una cosa brutta, e credetemi se dico che vi sono vicino. Cayetano è morto. Oggi stava tagliando i rami di un albero su a Washington Heights e ha tranciato dei cavi elettrici. È morto sul colpo. Era già morto prima di toccare terra. Non si è accorto di nulla. Io non c'ero, ma... da come me l'hanno raccontato sono certo non se n'è accorto: una grande luce e non c'era piú. In Honduras aveva una moglie e tre figli. Non li vedeva da vent'anni, ma era per loro che era qui. Lavorava per loro. Mandava i soldi ogni mese e in cambio riceveva lettere e foto che lo rendevano piú forte perché ciò che vedeva era ciò che l'aveva spinto a partire: vedeva i figli crescere, andare a scuola e avere le possibilità che a lui erano state negate. Preghiamo per Cayetano, dice Rosario, le guance arrossate. S'inginocchia, lui e la sua massa. S'inginocchia sul marciapiede, tra la gente che entra ed esce dai ristoranti, gli uomini con le valigie di pelle e i profumi delle signore e quelli che sventolano la mano per fermare i taxi e chi chiama un amico. S'inginocchia e tutti loro, Alejandro e Gustavo, Jorge e Santiago, Carlos e Fidel, Andrea e Victor, s'inginocchiano con lui. Indifferenti a chi, per passare, è costretto a scavalcarli o a girare loro attorno o a scendere dal marciapiede che accoglie l'ultimo saluto a un uomo.

Preghiamo per Cayetano, dice Rosario. E preghiamo per noi.

Un figlio impiega circa nove mesi a nascere; mesi di gestazione, di formazione delle ossa, delle cartilagini – poi, tutto d'un tratto, le doglie e il parto. Il terremoto di San Francisco del 1989 ha impiegato molto di piú, ma non è stato un processo dissimile: un lento accumulo di energia finché un bel giorno, *tac*, il dolore della terra.

Certe decisioni scaturiscono nello stesso modo.

È una notte fresca di maggio e terminato il turno di lavoro Andrea s'accorge di non avere sonno; inforca la bicicletta e pedala verso casa, senza fretta, scegliendo le strade meno frequentate. La città è un bambino addormentato, ha il respiro leggero e il sorriso sulle labbra. Arrivato, infila la bicicletta dentro il capanno, entra e va in cucina. Lascia scorrere l'acqua sfiorando il getto con la punta delle dita, poi riempie un bicchiere e beve. Sale le scale e si sporge in camera di Benjamin che dorme sulle coperte, un piede penzola fuori dal letto, chiude la porta; quindi in camera di Allison, di cui scorge solo testa e capelli, tra lenzuola e cuscino. Le foto, quelle stampate su carta lucida, brillano di riflessi alle pareti; c'è odore di shampoo alla fragola. Chiude la porta anche a lei. Alla stanza che condivide con Ary s'avvicina in punta di piedi, la porta è socchiusa, la apre ed entra. Dorme voltata verso la finestra. Resta a osservarla a lungo, in piedi, in mezzo alla stanza. Pensa che sia bellissima – la piega delle spalle e della schiena, una grazia naturale, come in certe piante dalle forme sinuose.

Sono un riverbero improvviso e il motore di un auto che gli dicono di scendere le scale e raggiungere il soggiorno. Apre il computer portatile ed entra nella propria casella di posta elettronica, abbandonata da quasi un anno.

Milleduecentoventiquattro mail da leggere, dice il contatore. Le scorre. Sono informazioni sul mondo della scuola, mail di colleghi per organizzare la cena e la festa di pensionamento di uno di loro, lunghe discussioni su quale sia il regalo adatto e quanto dovrebbero lasciare a testa. Ce n'è una, di una compagna di università che non vede da quasi dieci anni, che ha in oggetto «Dove sei?» e una della madre di Agnese, «Lettera ad Andrea». Da parte sua, di Agnese, ce ne sono due, entrambe spedite dall'indirizzo dello studio, non da quello privato.

La prima è del due luglio, ed è senza oggetto. Sono solo insulti. Per i problemi che le sta creando, per il comportamento infantile, maledice il giorno che lo ha incontrato, quello che lo ha sposato, gli augura di non farsi piú vedere, di sparire, di venire risucchiato nel buco schifoso in cui si è nascosto.

La seconda è del quindici agosto e ha in oggetto la frase: «Anch'io ordinerei una birra se potessi permettermelo». È una battuta presa da un libro di John Fante, un libro che hanno letto insieme. Ha a che fare con un posto in cui il caffè è disgustoso e con il protagonista che non ha abbastanza soldi per ordinare una birra, ed era diventato il loro modo per dire che il caffè che stavano bevendo faceva schifo, quando capitava loro di prenderlo fuori casa; uno dei due diceva all'altro: Anch'io ordinerei una birra se potessi permettermelo, e scoppiavano a ridere. Perché la loro relazione è stata anche cosí: ridere per una sciocchezza, aspettarsi alla fermata dell'autobus, leggere un libro ad alta voce, sdraiati a letto, le gambe allacciate. Ed è questo quello che Agnese gli dice nella mail. Andrea impiega un po' per aprirla, ma quando lo fa le parole di lei gli si srotolano davanti in tutta la loro disarmante semplicità e lo assale un feroce, afoso senso di colpa – no, non vergogna: senso di colpa. Agnese dice che spera che stia bene, lo implora di rispondere a quella mail, dovesse leggerla, e lo prega di rispondere anche solo per rassicurarla sul suo stato di salute. Chiede persino scusa; e la parola *perdono*, scritta, acuminata e tagliente, lacera la carne in punti nascosti e sensibili. Agnese immagina la possibilità di una riconciliazione. Di un nuovo inizio.

Spegne ed esce per strada. Ha bisogno di respirare. In soggiorno c'è l'odore di colla e resina e di tutti gli altri materiali che Ary utilizza nel suo lavoro. Il cielo è buio ma il fruscio dell'alba è nascosto nel vento leggero che arriva dall'oceano. È ormai giorno a Pechino, a Mosca, ad Atene, a Parigi, a Roma, a Madrid, e in certe isole nel bel mezzo dell'oceano Atlantico e tra poco la luce scivolerà per Long Island, per Howard Beach e Canarsie e dopo essersi lasciata alle spalle Park Slope e Red Hook supererà l'East River, raschiando via il torpore della notte dai vicoli di Chinatown e soffiando il nuovo giorno a ovest dalla cima degli alberi di Central Park.

D'un tratto si volta, sale le scale ed entra in camera. Afferra uno zainetto, ci infila una maglia pulita e un paio di jeans, della biancheria. Dal cassetto prende i suoi risparmi, poco meno di duemila dollari, e il passaporto. Pensa che se lo fa, se lo fa davvero, se esce da quella casa e va all'aeroporto, non potrà piú tornare indietro. Sa che si accorgeranno che è rimasto illegalmente per diversi mesi e sa che lí per lí non diranno nulla – libero di andartene, grazie – ma anche che non gli sarà piú permesso rientrare. E allora ciò che fa è non voltarsi. Scende le scale senza rivolgere uno sguardo a nessuno di loro, alla schiena di Ary, alle porte chiuse delle stanze di Benjamin e Allison. In cucina, su un foglio, tenta di scrivere qualcosa che abbia un senso, qualche frase di saluto e giustificazione, ci prova diverse volte, ma poi le rilegge e lo straccia. Ne prende un altro e con la mano che trema scrive soltanto: «Benjamin ha ragione, la fuga è il futuro».

6.

Andrea percorre la strada che porta dalla stazione degli autobus, dove lo ha lasciato la navetta dell'aeroporto, a casa sua, in preda a una cupa euforia. Si guarda attorno nervoso, da sopra le spalle; scruta gli arredi urbani, i palazzi e i volti delle persone come per verificarne l'esattezza: ogni cosa gli sembra nuova, diversa da come la ricordava. Sono le sei di sera, pensa. Dovrebbe già essere a casa.

Durante il volo ha accuratamente evitato di pensare ad Ary e ai ragazzi; archiviarli come *utili*, come strumentali alla sua trasformazione, produce il suono di una scudisciata, ma gestire un secondo senso di colpa non è possibile. Non posso sentirmi in colpa se il fatto di averli abbandonati è dovuto al senso di colpa per aver abbandonato Agnese, si ripete; due sensi di colpa si annullano a vicenda e tornerei al punto di partenza. Mi sono perso, ha continuato a ripetersi per tutto il viaggio, mi sono perso e ho ritrovato la strada, e ripetendolo sentiva il cuore aprirsi e chiudersi nel petto come la mano di un bambino.

Gira l'angolo. Eccolo. Il condominio, il balcone con le ortensie. E ora, ora cosa deve fare? Deve suonare? No, non vuole suonare. Cosa potrebbe mai dirle al citofono? Ehi, ciao, sono io... Figuriamoci. Non troverebbe le parole, non riuscirebbe neppure a pronunciare il suo nome. Ha bisogno di guardarla negli occhi, ha bisogno di concentrarsi sul suo viso, sulle sue mani mentre le spiega cos'è successo, e come, e perché. Ma non ha le chiavi, Andrea, le chiavi sono in fondo all'East River insieme al trolley. Avvicinandosi al portone s'accorge che è aperto. È un segno, pensa, è un segno. Entra, sale le scale – i gradini, due alla volta. Non ha pazienza per l'ascensore. Il pianerottolo – c'è una pianta in un angolo che prima non c'era. Ma il tappetino con la scritta *welcome* è lui, e l'ombra dell'edera. Suono o busso? Suona, due volte, due squilli secchi. Attende. Non risponde nessuno. Suona di nuovo.

Non c'è.

Ricorda che i vicini avevano un mazzo di chiavi di scorta, ruota sui tacchi e suona il campanello. Ad aprire è la nonna dei bambini che quando lo riconosce grida qualcosa in dialetto e porta la mano alla bocca; le guance bianche dove le dita stringono. Si capisce che ha urgenza di dire qualcosa, ma biascica parole mozzate che Andrea non comprende. Allora sorride per rassicurarla. Non si agiti, no, le dice, non sono un fantasma... insomma, il fatto è che sono tornato e devo entrare in casa. Dovrei entrare in casa. Ha le chiavi?

Pensavamo tutti fossi morto, sussurra.

Tutti chi?

Tutti.

Le sembro morto?

Dio sia lodato, dice facendosi il segno della croce.

Senta, non è che potrebbe darmi le chiavi, se le ha? È stato un lungo viaggio e vorrei farmi una doccia. Torno dopo a raccontarle tutto nel dettaglio, va bene?

Le porte sono le stesse, cosí come le maniglie e le mensole. C'è un calendario nuovo in cucina, e sul tavolo una tazza che non ha mai visto; nel lavello, una tazzina da caffè. La collana di corallo che le ha regalato per Natale, promessa d'un viaggio in Tasmania che non hanno mai fatto, è arrotolata dentro la ciotola di legno, sul tavolino dell'ingresso. C'è odore d'incenso. Sul lavandino del bagno, un solo spazzolino; l'accappatoio è steso ad asciugare e il phon è appeso al gancio d'alluminio, il cavo intrecciato penzola sulla bilancia; una confezione di aspirine e una di integratori alimentari al pompelmo, lo specchio venato di spruzzi d'acqua e sapone, una traccia di dentifricio secco.

Andrea si districa tra il volersi e il non volersi ritrovare in ciò che vede; la paura di essere stato bandito dalla casa e quella di trovare del materiale inedito, infetto, che lo riporti alla condizione iniziale. Non c'è piú nulla di suo, in giro – nel senso di *esclusivamente* suo. Non sono mai stati tipi da foto ricordo o autoscatto, nessuno dei due è mai stato devoto alla propria immagine e questo gli spiace perché non gli permette di capire se, nel caso ci fossero state delle foto, sarebbero state eliminate.

Entra in camera come camminasse sulle uova. Il copriletto è nuovo, lo sfiora con la punta delle dita. Apre la sua parte di armadio e dentro ci sono solo vestiti di Agnese. C'è una pila di scatole nascoste dalle tende, ne scoperchia una: eccole le sue cose, camicie, pantaloni e maglie pigiate alla rinfusa, odore di antitarme alla lavanda. Apre il cassetto del comodino dove teneva i documenti, l'orologio del nonno e altri ricordi di famiglia, e trova la cartellina d'un convegno di logopedisti, il nome di Agnese scritto in arancione, in alto a destra.

In soggiorno i libri sono dove sono sempre stati; ne vede alcuni che non conosce. C'è uno strappo sconosciuto nella stoffa del divano, un lungo strappo che è stato ricucito, ma che ora, a forza di sedercisi sopra, si sta slabbrando di nuovo. Si chiede come sia successo. Sfila le scarpe, si sdraia – il cuscino di traverso com'era abituato a metterlo –, chiude gli occhi e scivola nel sonno.

Lo sveglia il rumore di un oggetto in frantumi. Lo sente, ma impiega un po' di tempo a estirparlo dal sogno che sta facendo. Apre gli occhi e si solleva sui gomiti, si guarda attorno: i cocci della lampada a stelo sono sparsi sul parquet, minuscoli frammenti di vetro rosso. Guarda oltre la spalliera della poltrona. Agnese è seduta a terra, la schiena contro la parete, la bocca dilatata in un urlo muto.

Andrea sorride. Non sa se è una reazione adeguata, ma sorride. Si alza dal divano e le s'inginocchia di fronte. Vorrebbe toccarla, ma non osa. Ha la testa piena di parole che non sa scegliere: quelle della colpa e quelle dell'affetto, quelle del racconto; o nessuna, la sintassi del corpo, la grammatica del tatto. Fa per prenderle una mano e aiutarla ad alzarsi, ma lei mostra i palmi e volta il capo come per dire no, non è possibile.

Non so da che parte cominciare, dice Andrea.

No, dice lei tremando.

Vuoi...

No, ripete.

...

Non puoi farmi questo, dice tra i singhiozzi.

E le parole che gli vengono in mente sono: Questo cosa? Quando sente la propria voce pronunciarle quasi non ci crede. Inghiotte la saliva. In testa ha un faro che s'accende e si spegne – pensieri e immagini a intermittenza. Sposta lo sguardo sul corpo di lei come per rimboccarle le coperte, finché, soffermandosi sul ventre e sul seno, s'accorge che tirano la stoffa della camicetta.

Sei incinta, dice.

Perché sei tornato?

Lui non riesce a distogliere gli occhi dalla pancia gonfia e tesa.

A che mese sei?

Agnese fa partire un ceffone che lo colpisce sulla guancia e gli fa perdere l'equilibrio; un anello incide un graffio profondo che Andrea copre di riflesso con la mano; la allontana, guarda il palmo sporco di sangue.

Ho denunciato la tua scomparsa. Ci sono state delle indagini. Mi hanno detto che potevi essere morto, che… che c'è gente che sparisce tutti i giorni. E io non ci volevo credere. Lo sapevo che non eri morto. Ma poi ho pensato che non potesse essere altrimenti. Eppure non volevo, io non…

Di chi è?

Ero certa che non ti avrei mai piú rivisto.

Di chi è il bambino?

Agnese chiude gli occhi. Deve calmarsi. Non le fa bene agitarsi cosí, non fa bene a lei e non fa bene al bambino. Si deve sdraiare. Aiutami, dice.

Andrea la prende per il braccio, l'aiuta ad alzarsi, la sorregge fino in camera; s'accorge di averle macchiato la manica di sangue. Va in bagno e si controlla nello specchio, sciacqua la guancia con l'acqua, poi strappa della carta igienica e la usa per tamponare il graffio. Si ferma sulla porta. A che mese sei?

Al sesto.

Al sesto, ripete.

Sí.

Chi è il padre?

Jérôme.

Chi?

Moissan.

Il professor Moissan? Quello di Lione?

Sí.

E tu...

Io non sapevo se eri morto o cosa. Ma ero certa che non ti avrei piú rivisto. O che se ti avessi rivisto... Insomma, nessuno va via di casa e si ripresenta dopo un anno pensando di trovare tutto come lo aveva lasciato, nessuno. E se ti avessi rivisto si sarebbe risolto tutto in...

Cosa?

Non lo so, Andrea.

...

In questo momento so una cosa sola. Voglio che tu te ne vada.

...

Ora. In questo momento.

Non vuoi...

Aspetto un bambino, Andrea. Aspetto un figlio da un uomo che amo. Un uomo che mi sta dando un figlio. Ciò che voglio è che tu esca da questa casa. Adesso.

Gli scricchiolii che Andrea aveva disseminato lungo i due chilometri che lo separavano dal reparto di ginecologia, il giorno che era corso all'ospedale, gli stessi percepiti il giorno che era caduto da un albero spezzandosi l'omero, sono quelli che lo accompagnano giú per le scale. Ha una borsa con sé. Ci ha messo dei pantaloni, delle maglie, della biancheria. C'erano dei contanti sotto il fermacarte, nell'ingresso. Li ha piegati e li ha infilati in tasca. Ha ancora dei soldi avanzati da quelli guadagnati a New York, ma non sono molti. Il vento ha spazzato l'aria e dipinto un cielo mistico. Sono le otto di sera e le vie della città sono affollate. Andrea s'allontana in direzione del fiume lungo percorsi secondari, lasciandosi alle spalle ragazzini in bicicletta, uomini che lavano la macchina e operai che smontano un cantiere; chi sorride, chi ordina un caffè e chi passa a prendere i figli alla fine della lezione di latino, con l'idea, per cena, di ordinare delle pizze.

Dorme nel parco, dentro un tubo di plastica blu che i bambini, di giorno, attraversano gattonando. Si sente come stesse perdendo, ma non nel senso dell'essere sconfitto: nel senso del gocciolare – come perdono le tubature. Perde il presente e il futuro. Meno il passato. Sul passato si sofferma, seduto su una panchina.

C'è una parola che lo ossessiona: *irrazionale*. Irrazionale era stato il rifiuto di lasciare New York. Irrazionale la decisione di lasciarla. Cerca di tracciare, nella sua vita, una mappa dell'inquietudine e si rende conto di quanto abbia guidato, manovrando fili invisibili nel buio del sottotetto, le sue scelte. Cosa ho scelto di fare pensando fosse meglio farlo che non farlo, e cosa ho scelto di fare perché non avrei potuto fare altro, perché non avrei avuto la forza e il coraggio di *non* farlo?

Impara a perdersi per le strade della sua città come in quelle newyorkesi, ma facendo attenzione a non incrociare conoscenti. Sceglie quartieri periferici. Poi, in un giorno di nuvole dense, attraversa un incrocio e riconosce un bar e scopre di essere capitato a casa di Aun-Liang. Devo andarmene, pensa. Ma in quel momento la signora Zhao, il viso e il grembiule di sempre, s'affaccia alla porta, lo vede e gli corre incontro eccitata. Andrea Andrea, esclama. Andrea Andrea. Ha la barba lunga e l'aria stropicciata, lui, ma lei sembra non accorgersene, cosí come sembra non sapere nulla della sua scomparsa. Con frasi che le si sgretolano in bocca racconta del figlio, dice che non ha piú trovato un educatore come lui e che salga, se può, Aun-Liang lo saluterebbe volentieri. Andrea Andrea, dice premendosi le mani sulle guance. Andrea Andrea. Non fossi tu.

Aun-Liang sta disegnando seduto al tavolo della cucina, la televisione è accesa con l'audio disattivato. Non porta l'impianto cocleare. La madre gli accarezza la testa e lo guida con i gesti ad accorgersi della presenza di Andrea. Lui lo registra, non dà segno di averlo riconosciuto, ma un sorriso quieto fiorisce sul volto e senza lasciarlo appassire Aun-Liang riprende a disegnare. Sta colorando di rosso le fronde di un albero, il tronco è nero-blu. D'un tratto, dalla scatola dei pennarelli, ne afferra uno verde e lo offre ad Andrea. Indica la parte alta del foglio, attorno alla chioma dell'albero. Mescola l'aria con un dito.

Vuoi che colori il cielo? chiede Andrea. Vuoi che colori il cielo di verde?

Aun-Liang riprende a lavorare senza rispondere.

Siedi, dice la signora Zhao. Prego, siedi. Tu colora.

Andrea posa la borsa a terra, si siede.

Io sotto, dice. Ed esce lasciandoli soli.

Andrea osserva il pennarello come da tempo non osservava qualcosa; toglie il tappo e l'annusa, odora di alcol. Trova che quel punto di verde sia molto bello; è il verde intenso dei boschi o dei prati del nord, dove c'è tanta acqua e l'erba e le foglie sono grasse. Lo prova sul foglio, il pennarello scivola con spensieratezza emettendo un leggero sfrigolio, la mancanza di attrito sprigiona una profonda pace in tutta la cucina. Andrea comincia a colorare dal centro del foglio, passando attorno alla chioma, tra le fronde, per poi allargarsi con un movimento orizzontale e meticoloso. Smette solo quando il cielo è completamente verde. Aiuta Aun-Liang a colorare la terra di rosso. Prendono altri fogli. Disegnano mari in tempesta e collisioni di meteoriti, e automobili e navi e balene e le piú alte montagne. Disegnano tutto il pomeriggio, facendo attenzione a cambiare ogni volta i colori alla realtà: l'oceano giallo, i bastimenti arancioni, la pioggia viola. Scende la notte per strada. La nonna di Aun-Liang appare in cucina, saluta Andrea con un sorriso di cartapesta, accende il fornello e mette sul fuoco una pentola d'acqua; pela patate e carote, e una radice che Andrea non conosce. Quando la signora Zhao e il marito, alla fine della giornata, entrano in casa, Aun-Liang li porta subito a vedere i disegni, appesi con lo scotch trasparente.

Molto belli, dice la mamma annuendo con movimenti profondi della testa.

La nonna dice qualcosa in cinese.

Tu cena, Andrea?

Se mi fermo a cena?

Sí. Tu cena. Con noi.

No no, grazie. Devo andare.

Prego.

Un'altra volta.

Prego, ripete implorante la signora Zhao. Prego.

Non vorrei essere di disturbo.

No disturbo. Davvero.

Andrea si gratta la testa e accetta. Mentre è in bagno a lavarsi le mani arrivano altre persone, anziani che forse ha già visto in passato ma che s'assomigliano tutti, e alla fine sono in dodici attorno al tavolo: la zuppa di verdure ha un sapore forte, acidulo e rinfrescante, c'è dello stufato e al termine del pasto la nonna estrae dal forno una teglia di dolcetti di sesamo con il ripieno di marmellata di fagioli rossi. Andrea li trova deliziosi, e invitato a mangiarne quanti ne vuole li finisce sotto gli occhi compiaciuti delle donne di casa. Il padre estrae da un armadio una bottiglia di liquore cinese di cui si servono in grande quantità; c'è un vecchio, in particolare, che ne beve senza ritegno e alla fine s'addormenta con la testa inclinata contro il muro e la bocca spalancata da cui cola un sottilissimo filo di bava. Una spossatezza fine avvolge anche lui: un sonno anestetizzante. E quand'è ora di andarsene, di prendere la borsa e lasciare quella casa, non sa nemmeno lui come, ma non lo fa. Inciampando in oggetti che riconosce come strumenti da sartoria – macchine da cucire, ferri da stiro – segue la signora Zhao giú per una scala secondaria, in cortile e infine dentro un garage dove lei gli indica un pagliericcio, estrae una coperta leggera da un armadio e pronuncia parole accoglienti e scarne che significano che può dormire lí, che non si faccia problemi. Andrea dice grazie, lei gli tocca la fronte con la punta delle dita e sorride. Poi, c'è solo una luce di raso, e il ronzio di un frigorifero.

La mattina dopo sono voci tonali, i suoni elettrici e cadenzati e l'odore di solvente a svegliarlo. A dividerlo da quell'universo olfattivo e sonoro c'è solo una parete di cartongesso tappezzata di immagini di Pechino rubate a riviste e quotidiani di cui, la sera prima, non si era accorto. S'infila calze e scarpe e mentre le allaccia vede uno scarafaggio rotolare da sotto il pagliericcio e sparire dentro un buco alla base del muro. Stropiccia gli occhi con le nocche e s'affaccia oltre la parete. Una decina di donne chiacchierano lavorando a maglia, cucendo etichette, stirando pantaloni. Una di loro solleva gli occhi e lo vede, ma fa finta di non averlo visto; quando Andrea attraversa il laboratorio in direzione dell'uscita nessuna gli rivolge la parola.

Esce in strada ed entra nel bar dei signori Zhao.

Andrea Andrea, dice la moglie. Andrea Andrea, ripete.

Buongiorno, signora Zhao.

Caffè?

Volentieri, signora Zhao. Grazie.
La donna lo prepara. Latte?
No, grazie. Affonda la mano nella tasca ed estrae una moneta che fa scivolare accanto alla tazzina.
No no no, dice lei.
La prego.
No. Ospite.
Signora Zhao…
No, dice scuotendo la testa. Ospite.
Be', non so davvero cosa dire. Andrea prende il caffè, lo porta alle labbra, ed è forse il peggior caffè che abbia mai bevuto; contrae la mascella nel tentativo di nascondere la smorfia di disgusto. La signora Zhao annuisce; lui di rimando le sorride.
Avrei un favore da chiederle, dice.
La signora Zhao annuisce di nuovo.
Posso… Se posso fermarmi per un po' nel vostro magazzino.
Tu benvenuto, risponde lei.
Vorrei potervi pagare per il disturbo, ma…
Tu benvenuto, ripete la signora Zhao alzando le mani come per chiudere la faccenda. Aun-Liang contento.
Non so davvero come ringraziarla.
Andrea Andrea, dice prendendogli la mano. Andrea Andrea.

C'è poi questa cosa, che quando hai un pensiero che ti ossessiona tutto lo rinforza e l'assillo diventa persecuzione. Durante quei giorni di vagabondaggio Andrea abita un mondo gravido; per strada milioni di neonati in carrozzina e donne incinte e cartelloni pubblicitari di indumenti pre-maman, e ovunque si volta ci sono asili nido e scuole materne. E dunque ero io, pensa, ero io a non essere in grado di fecondare Agnese in modo tale da permetterle di portare a termine una gravidanza: ero io ero io ero io.

Di giorno cammina. A cena mangia con la famiglia Zhao e altre persone che di volta in volta s'aggiungono. Gioca con Aun-Liang, disegnano, guardano insieme la televisione finché lui s'addormenta. A quel punto dice buonanotte e scende nel laboratorio, in cortile. La mattina lo svegliano le donne. Dice buongiorno e viene raggiunto da suoni che suppone siano un saluto, va a prendere il caffè e cammina. Cosí per settimane. Il pensiero di Agnese è un'ombra mostruosa. Le settimane diventano mesi e l'ombra lentamente si dissolve in un odore rancido, che resta legato alla pelle e attira i gatti. Andrea trascorre l'estate in compagnia di persone di cui continua a sapere e capire poco, ma che dimostrano nei suoi confronti un affetto muto e disinteressato. A settembre si ammala e la signora Zhao lo cura con attenzione e con quella allegra indulgenza con cui, di solito, ci si prende cura di un figlio.

Finché.

Finché una sera di ottobre si festeggia il compleanno della nonna di Aun-Liang e, terminata la cena, uno degli ospiti, un uomo dall'aria importante, estrae il cellulare chiedendo a tutti di compattarsi per permettergli di scattare una foto e tra toni monosillabici, ascendenti e discendenti, Andrea sente la parola: Instagram. Aun-Liang gli si arrampica sulle spalle. La foto viene scattata – un'altra e un'altra ancora. Alla fine, Andrea s'avvicina all'uomo che emana un odore forte di acqua di colonia e gli chiede se ha capito bene, che posterà la foto su Instagram, e quando lui dice di sí gli domanda, per favore, di poter vedere l'account di una persona, e di aiutarlo, se può essere cosí gentile, che non sa come si fa. Si chiama Allison Patterson, dice.

L'uomo lavora sul cellulare, glielo porge.

Eccole, le foto di Allison. Eccoli. Tutti loro. Le scorre. Trova la prima in cui appare: quella del primo giorno, dopo la doccia, addosso i vestiti di Mark Patterson, jeans e maglietta militare, una camicia di flanella. C'è lui che gioca a baseball con Benjamin. Benjamin con le dita steccate dopo il pestaggio. L'orecchino a forma di elefante trovato per terra durante una passeggiata sulla Promenade. La polizia che interroga la signora Munro il giorno della morte dell'idraulico. Benjamin e Allison vestiti da Kiss la sera di Halloween. E c'è Ary. Ary che dorme, Ary che aggiusta la tenda della finestra, Ary in accappatoio che allunga una mano per impedire a Allison di scattare. E c'è lui insieme a lei. Cucinano, parlano seduti sugli scalini, lavorano al diorama del terremoto di San Francisco, asciugano i piatti, si tirano le palle di neve, s'ignorano seduti sul divano ognuno immerso in un libro. E ogni foto è una pietra che ne colpisce un'altra – franano; ne è sepolto.

Signora Zhao, dice come scosso dalla febbre. Posso fare una telefonata?

Certo.

Il fatto, ecco... è che devo telefonare in America.

Quale problema? dice la signora Zhao sorridendo. Noi sempre telefona in Cina.

Sí, pronto. Devo parlare con Vincenzo Leogrande, per favore.

Il signor Leogrande è in riunione. Può lasciare detto? La faccio richiamare.

Devo parlargli subito.

Le ho detto che...

E io le ho detto che devo parlargli. Ora. Subito. Adesso. Mi ha sentito?

...

Pronto, signorina?

Chi devo dire? fa la segretaria.

Andrea Luna. O anche solo Andrea. Gli dica che è importante.

Resti in linea, per favore.

...

...

...

...

...

Dove cazzo eri finito?

Ciao Vincenzo.

Allora?

Sono in Italia.

Bravo. E ora che cazzo vuoi? Mi hai chiamato per la liquidazione?

Mi serve il numero di Victor.

Chi?

Victor Villaurrutia. È un tuo dipendente. Lavorava con me.

A che ti serve?

Nulla. È che... Voglio salutarlo. Sono partito all'improvviso.

E chiami *me* per avere il numero di questo messicano, per salutarlo perché sei partito all'improvviso? C'è forse qualcosa che mi sfugge? Mi hai spedito, che so, una lettera che non ho mai ricevuto, oppure mi hai lasciato un messaggio in segreteria che ho cancellato per errore? Perché non mi hai chiamato per dirmi che te ne andavi e non mi stai chiamando per dirmi che ti spiace: dico bene? Che ti spiace essere scomparso cosí, da un giorno all'altro.

Ti chiedo scusa.

E invece dici alla segretaria che, 'fanculo la mia riunione, hai bisogno di parlarmi, e il motivo è che vuoi il numero del tuo compagnuccio di spazzolone perché sei andato via senza salutarlo?

Ti chiedo scusa.

Mi chiedi scusa?

Sí.

Di cosa, Andrea? Sentiamo. Per cosa mi chiedi scusa.

Hai sentito Ary?

...

Pronto, Vincenzo?

Sí.

Davvero?

Certo, cristosanto. Certo che l'ho sentita. Ho chiamato a casa, no? Quando mi hanno detto che non ti eri presentato al lavoro per due giorni senza avvisare, pensa che stronzo che sono, mi sono preoccupato e ho chiamato casa tua.

Che ti ha detto?

Ha detto che eri andato via. E ora, guarda, non chiedermi che voce aveva o qualche stronzata del genere, ci siamo capiti? Non provarci, cazzo.

Mi spiace.

Ti chiedo scusa. Mi spiace. Troppo facile. Troppo facile. Non è cosí che funziona.

Puoi darmi quel numero?

...

Vincenzo?

...

Vincenzo. Pronto?

...

...

Pronto? dice una voce femminile.

Dov'è andato?

Signor Luna?

Stavo parlando con Vincenzo.

Il signor Leogrande ha detto che le serve il numero di telefono di uno dei nostri dipendenti.

Ma io non avevo finito.

Se mi dice il nome glielo cerco.

Senta, mi ripassi Vincenzo, per favore.

Il signor Leogrande mi ha detto di non passare piú chiamate da parte sua.

La prego, signorina... come si chiama?

Grace.

Grace, per favore. Mi faccia parlare con Vincenzo.

Mi serve il nome del dipendente.

Grace, la prego.

Il nome del dipendente.

...

Senza il nome del dipendente non so davvero come aiutarla, signor Luna. Mi spiace.

Villaurrutia. Victor Villaurrutia.

Attenda in linea.

Cazzo, sbuffa Andrea.

Mi scusi?

Non dicevo a lei. Mi perdoni... Grace. È che... Vorrei parlare ancora con Vincenzo.

Attenda in linea.

Andrea si batte il polso contro la tempia.

Signor Luna?

Sí.

Il numero di telefono del signor Villaurrutia è 555...

Aspetti. Mi scusi. Andrea si guarda attorno. È nel bar

dei signori Zhao, illuminato da un rettangolo di luce sul pavimento e dai riverberi sull'acciaio delle sedie. Cerca una penna: la trova sotto il bancone, vicino alla cassa. Afferra un tovagliolo di carta. Eccomi, ci sono. 555... La segretaria snocciola il numero, lui lo ripete per controllare di averlo scritto giusto. Poi insiste ancora per parlare con Vincenzo, ma la segretaria gli augura una buona giornata, e chiude.

Scusi, si sente male. Chi è?

Andrea, dice lui sillabando. Ho lavorato con Victor. Devo parlargli.

Sta dormendo.

Potrebbe svegliarlo? È importante.

Sente la voce della donna attutirsi, come avesse messo una mano sulla cornetta, dire: Non lo so, non ho capito.

Pronto? Chi parla?

Victor. Sono Andrea.

Andrea, *amigo*. Ma che fine hai fatto? Stai bene?

Ti devo chiedere un favore, Victor.

Dimmi. Se posso, Andrea, se posso, tutto quello che vuoi.

Ecco. Il fatto è che mi trovo in Italia, in questo momento...

In Italia? Sei tornato indietro?

Ma voglio rientrare.

E come fai? Lo sai come si dice, no? Mai uscire. Mai.

Voglio attraversare la frontiera.

Quale frontiera?

Quella con il Messico.

...

Victor?

Stai dicendo sul serio?

Ho qualche altra possibilità?

Ma perché sei uscito se ora vuoi rientrare?

Un giorno te lo spiego, Victor. Promesso.
E vuoi attraversare la frontiera?
Tu l'hai fatto, no?
Sí. Per questo non voglio che lo faccia tu.
Mi serve sapere come funziona, Victor. Mi serve uno di quelli... come li chiamate?
Un *pollero*.
Un *pollero*. Basta che mi faccia arrivare dall'altra parte. Chi posso chiamare, Victor? Tu hai senza dubbio dei contatti, un amico, qualcuno.
Andrea, non credo sia...
Fidati di me.
Io mi fido di te, Andrea. Non sei tu quello di cui non mi fido, puoi starne certo.
Allora?
Be', ecco, ci sarebbe mio cugino.
È un *pollero*?
Mio cugino? No, per carità. Ma lui conosce l'ambiente. Sa a chi chiedere.
Come posso mettermi in contatto con tuo cugino?
Ci penso io.
Lo chiami tu?
Lo chiamo io.
Lo chiami subito?
Subito?
Sí, intendo... Puoi chiamarlo adesso? Io ti richiamo tra mezz'ora.
Be', non so se...
Ti richiamo tra mezz'ora, Victor? Va bene? Mezz'ora e ti richiamo.

Pronto?
Sono Andrea. Allora?

Ho sentito mio cugino.

E...?

E dice di chiamarlo. Gli ho detto che sei un amico e quindi, insomma, che voglio che vada tutto bene.

Andrà bene.

Sí.

Sei stato... sei stato gentilissimo, Victor. Un vero amico. Non so cosa dire.

Non dirmi nulla. Me lo dirai quando ci vediamo.

Va bene.

Mio cugino mi ha chiesto come stai a soldi. Io non sapevo cosa rispondere. Li hai i soldi, vero?

Quanto?

Direi... piú o meno duemila dollari. Non so dirti con esattezza. Dipende.

Da cosa?

Dalla strada che fanno. Che vi faranno fare. Da chi organizza.

Duemila dollari?

Potrebbe essere poco meno. Oppure un po' di piú.

E poi c'è il viaggio, dice Andrea come lo stesse dicendo a sé stesso.

Quello *è* il costo del viaggio. Tutto compreso.

No, intendo il viaggio dall'Italia. Devo volare su Città del Messico?

Puoi volare dove vuoi. L'importante è che tu raggiunga Hermosillo.

Hermosillo?

Mio cugino sta a Hermosillo. Ti porterà ad Altar e poi, da lí, al confine. Allora ce li hai i soldi?

I soldi?

I soldi, esatto. Ce li hai?

Certo. Certo che ho i soldi.

Bene. Andrà tutto bene. Io e mia moglie pregheremo per te, e alla fine festeggeremo insieme il tuo ritorno. Ho del Bacanora che non berrò se non con te.

Be', allora speriamo che tu lo beva.

Quando arriverai mia moglie preparerà il guacamole. Suo fratello vende avocado. Ha i migliori avocado di New York.

Berremo il Bacanora e mangeremo guacamole.

Ne sono certo.

Mi dài il numero, Victor?

Hai da scrivere?

Ho la matita in mano.

Mio cugino si chiama Antonio.

Pronto? Antonio? Parlo con Antonio?

Sí. Io sono Antonio. Tu chi sei?

Antonio, buongiorno. Io mi chiamo Andrea. Sono un amico di Victor. Lui dovrebbe averti avvisato poco fa, giusto?

Sí.

Ecco. Quindi sai perché ti sto chiamando.

Sí.

Puoi aiutarmi?

Sí.

Bene. Però c'è una cosa che devo dirti, Antonio, una cosa su cui non sono stato chiaro con Victor. La cosa è questa, ecco, è che potrei non avere molti soldi per pagare il passaggio.

Quanto?

Quanti soldi potrei avere?

Sí.

Nel buio del bar Andrea attorciglia il cavo del telefono attorno al polso. Senti, Antonio, mettiamola giú dura. Se ti dicessi che io non ne ho proprio di soldi… Non lo so. Non c'è modo di…

Non hai i soldi?
No.
...
C'è modo di guadagnarli sul posto?
Sí.
Davvero?
Il modo di guadagnare dei soldi, in Messico, lo si trova sempre.
Non stai scherzando?
Vuoi *cruzar*?
In che senso? Andare in America? Certo che voglio andarci.
Un modo lo troviamo.
Quindi? Cosa devo fare?
Venire.
Dove?
Verrò a prenderti all'aeroporto di Hermosillo. Fammi sapere quando arrivi.
Hermosillo, sí.
Fammi sapere quando arrivi.
Appena ho preso il biglietto.
Appena sai la data, chiamami.
Sí, lo farò. Andrà tutto liscio, giusto?
...
Dico bene, Antonio?
...
Antonio? Pronto?

Ci sono decisioni che quando le prendi hai l'impressione che la tua vita stia davvero per cambiare. Che finalmente, dopo innumerevoli cadute e resurrezioni, tu sia riuscito a venirne a capo, ad agguantarne le redini; e a quel punto il fatto che il resto della tua vita non cominci subito, il fatto che si debba attendere anche solo un minuto per poterne godere, risulta insopportabile.

Andrea s'informa sul costo del biglietto per Hermosillo e scopre che s'aggira intorno ai mille euro, con scalo a Madrid e a Città del Messico. Deve trovare qualcuno che gli presti i soldi e l'unica persona che gli viene in mente è Agnese. Pensa che forse potrebbe andare in banca e ritirarli. Che Agnese l'anno prima aveva bloccato le carte di credito, non lo aveva estromesso dal conto comune. O forse sí? Andrea si chiede se è possibile che lei, nel corso dell'anno, abbia chiuso il conto. Si risponde di no, che bisognerebbe presentare un certificato di morte, per farlo. O basta la denuncia della scomparsa? Andrea non lo sa. Deve informarsi. Pensa che in fondo parte dei soldi sul conto sono suoi, soldi che aveva risparmiato. Devo solo andare da Agnese e dirle di ridarmeli. Non lavoravo sempre e certo non guadagnavo molto, ma se ci mettiamo a fare i conti, be', accidenti...

Attraversa la città e raggiunge il suo vecchio quartiere. All'angolo nota un negozio di vestiti che non ha mai visto, in vetrina un abito inglese, il manichino indossa la bombetta. Suona il citofono – sono le undici del mattino – e nessuno risponde. È ovvio: sarà in studio. L'aspetto qui. Si siede sul gradino del portone. Poi però ha paura che qualcuno arrivi e lo riconosca, uno dei condomini, e lui non è certo nello spirito di fare conversazione; cosí si alza e va a sedersi dietro a delle aiuole, dall'altra parte della strada. Tra le foglie e i rami riesce a controllare i movimenti davanti a casa sua: non deve fare altro che aspettare.

Come fosse appena sceso da una traversata in barca con il mare grosso, fatica a concentrarsi sulle conseguenze delle sue azioni. Ha deciso di tornare a New York. Una volta suo padre gli aveva insegnato a innestare una pianta in un'altra, come saldare una porzione di ramo o una gemma su un portainnesto; gli aveva spiegato che quel sistema era usato con le piante legnose piú che con quelle erbacee. Io e Ary siamo legnosi a sufficienza, pensa.

È il pianto di un bambino a farlo voltare.

È un pianto espressivo che gioca con le note alte per poi annaspare, alla fine, in un risucchio – ricorda il verso dei gabbiani. La donna che lo tiene in braccio gli tocca il naso con un dito e ricama filastrocche per rassicurarlo. Quella donna è Agnese, che immersa in quel volo d'uccelli è di una bellezza sconvolgente. Andrea tenta per un istante di ricordare quando, prima di allora, l'aveva vista cosí. Mai, si risponde. E pur bofonchiando che non è possibile e che ci saranno state altre occasioni, la verità che lo trascina con la sua corrente impetuosa è nascosta in quella parola: mai. Non l'ha *mai* vista cosí.

Giunta al portone Agnese traffica con la borsa per cercare le chiavi, apre ed entra. Le urla del figlio aleggiano sul marciapiede, finché il vento non le sparpaglia.

Andrea resta seduto dietro l'aiuola ancora per qualche minuto, immerso in una quiete domenicale. Poi si alza e se ne va.

Per una settimana fatica ad alzarsi dal pagliericcio; se ne sta lí sdraiato, tutto il giorno, avvolto dai rumori delle macchine da cucire, dal vapore dei ferri da stiro e dalla sintassi musicale delle donne cinesi. Non sale piú a cenare a casa di Aun-Liang e la signora Zhao, la sera, scende con un piatto di riso e carciofi o con una tazza di zuppa e della pizza. Andrea rifiuta, dice che non c'è bisogno, che non ha molta fame, ma lei s'impunta e nel suo italiano stentato insiste nel fare domande e nel provare a capire cosa c'è che non va.

Problema ha soluzione, ripete.

Non è vero, dice Andrea. Alcuni no, non ce l'hanno. Ma lei lo incalza e allora lui le racconta tutto, parlando come in un confessionale: a sé stesso piú che alla persona che è dall'altra parte, ché lo sai che tanto lei non potrà fare nulla e che il fatto di dare voce e consistenza ai pensieri, trasformarli in parole, è un modo, per te, per accettarli e per meglio comprenderli. Finché una sera la signora Zhao si presenta con un piatto di lenticchie e una busta. Questo per te, dice.

Cos'è?

Lei annuisce.

Andrea s'appoggia con la schiena al muro, e contro il muro sbatte la testa, arretrando di scatto, quando dalla busta appare una mazzetta di banconote da cinquanta. E questi? dice. Signora Zhao…

Mille, dice lei. Quanto serve.

Ma io non posso, signora Zhao. Non se ne parla proprio. Fa per restituirle la busta, ma lei dolcemente la respinge con una mano mentre con l'altra posa il piatto di lenticchie sul tavolino. Signora Zhao, per favore…

Piacere, dice. Che potrebbe voler dire: per piacere, non fare storie; oppure che per lei è un piacere fare quello che sta facendo – o entrambe le cose. Prendi, aggiunge. Felice. Che potrebbe voler dire che quel gesto la rende felice, o che lui, Andrea, merita di essere felice – o entrambe le cose. Felice, ripete. Felice.

7.

Le mani del vecchio dal cappello bianco si muovono rapide, esperte nel tracciare i confini all'interno dell'arena – rilasciano scie di polvere di gesso. I galli vengono portati al centro, liberati e fatti scontrare per pochi istanti in una zuffa istantanea, selvaggia, necessaria agli scommettitori a individuare il proprio campione. Prima che si facciano male, gli allenatori li riacciuffano, li stringono al petto e li accarezzano come neonati, baciandoli sulla testa. I giudici misurano le *navajas*.

L'aria è satura di urla grevi, odore di carne arrosto e musica narcocorrido; strizza i corpi e carica il *palenque* d'energia sessuale nonostante la quasi totale assenza di donne.

Antonio sputa per terra.

Un ragazzino conta le gocce che lascia cadere da una fiala nel becco del proprio gallo. Andrea drizza la testa, si deterge il sudore dalla fronte. Cosa gli sta dando?

Anfetamina e stricnina.

Possono?

Antonio si stringe nelle spalle. Non è vietato, dice.

La misurazione delle *navajas* è terminata, vengono legate alle zampe dei galli e coperte con un fodero di cuoio; i galli consegnati ai *soltadores* che li stringono tra le mani: ne percepiscono il fremito, il desiderio di darsi battaglia, la rabbia. La musica si riassorbe, le grida non ci sono mai state – silenzio. Tutti guardano il centro dell'arena.

I *soltadores*, uno di fronte all'altro, si sporgono in avanti fin quasi a toccare terra con un ginocchio; trattenendolo, mostrano il proprio gallo al gallo avversario. Gli animali allungano il collo rasente al suolo, con gli occhi taglienti tanto quanto le *navajas* che vengono liberate dal fodero. Il giudice, illuminato da un cono di luce, alza una mano al soffitto per un tempo eterno. Poi. D'un tratto l'abbassa. Grida. I *soltadores* sciolgono la presa. I galli, be', i galli neppure ci si accorge che non erano un inferno di piume e polvere un secondo prima, neppure si capisce come hanno fatto ad aggredirsi cosí in fretta. Ma ora sono lí – lí dove? A terra. Sono a terra e un istante dopo in aria. Infieriscono volando e saltando e rotolandosi l'uno sull'altro tra schizzi di sangue e lanugine. Urla e musica esplodono. Un colpo di *navaja* alla gola o all'arteria femorale significa la morte dell'avversario. Lo sa il pubblico e lo sanno i galli che s'aggrovigliano trattenendosi con il becco, rotolando e cercando di evitare che l'avversario trovi spazio per il colpo.

Antonio estrae dalla tasca il tabacco e prepara una sigaretta.

È una cosa orribile, dice Andrea.

Perché?

Cerca la risposta tra i piedi della gente, una risposta che non lo faccia sentire banale. Perché? ripete tra sé. Si stropiccia gli occhi con le dita: il fumo è fastidioso e per lui, atterrato da poche ore, sono le tre del mattino, non le nove di sera.

Pensi che siano costretti a fare qualcosa che non farebbero in natura?

Dici che si legherebbero da soli una falce alla zampa per sgozzarsi a vicenda?

Le *navajas* servono per farli soffrire di meno, dice Antonio accendendo la sigaretta. Senza, si strapperebbero gli occhi fino a morire dissanguati, e impiegherebbero ore.

Lo fate per loro, quindi. È un atto di carità.

Non puoi capire. Antonio soffia il fumo dal naso. I *gallos de pelea* sarebbero estinti non fosse per gli allevatori. Lasciati in libertà tentano subito di uccidersi l'un l'altro: è il loro istinto.

Dunque state proteggendo una specie in pericolo. Siete una sezione del Wwf. E questi i vostri tesserati, dice Andrea allargando le braccia. È stanco. Ho bisogno di uscire, dice. Da che parte si esce? Si guarda attorno, oltre le teste e i cappelli e il fumo; si avvia verso la porta sgomitando tra la gente. È l'odore che lo stordisce: sudore, carne, tabacco. Un gruppo di uomini seduti a un tavolo sbatte in sincrono dei bicchierini che si riempiono immediatamente di schiuma; bevono, due fingono di baciarsi sulla bocca, poi si spintonano, le facce schifate. I bicchierini vengono riempiti di nuovo: altra schiuma, e ancora le teste inclinate a raccogliere l'alcol. Distratto dal rituale Andrea urta la schiena di un tizio che prima si volta e gli sorride, poi lo guarda meglio e s'adombra, labbra contratte. Dice qualcosa in spagnolo. Andrea non capisce. L'afferra per la maglietta e urla parole che Andrea continua a non capire, gliele urla in faccia, i nasi si toccano; lo spinge via, Andrea scivola a terra. Si rialza. È convinto che il messicano stia per tagliargli la gola, ha una *navaja* legata al braccio: invece no, torna a parlare con gli amici, batte le mani sopra la testa.

Ecco la porta – la strada, l'ossigeno. Andrea chiude gli occhi, respira e li riapre: il cielo è blu intenso, pieno di stelle.

Prima di atterrare a Hermosillo, Andrea si era chiesto come avrebbe fatto a riconoscere Antonio. Poi, fuori dall'aeroporto, ha visto un tizio con in mano un foglio di carta viola con su scritto il suo nome. Indossava un paio di jeans verdi e una maglietta dei Pearl Jam; aveva su per giú la stessa età di Victor e gli somigliava pure.

Sei Antonio? ha chiesto in inglese.

L'uomo ha appallottolato il foglio e offerto la mano. Benvenuto in Messico, ha risposto: *welcome* lo ha detto in inglese, *México* lo ha pronunciato in spagnolo.

Erano le sette di sera, il sole basso a ovest. L'asfalto del parcheggio sfogava il calore trattenuto nel corso della giornata. Sono saliti su un furgone bianco di un tour operator di Punta Chueca, «Isla Tiburón» scritto su entrambe le fiancate.

Che significa?

Porto in giro i turisti per conto di mio zio, ha detto Antonio mettendo in moto. Ma solo nel tempo libero, lo faccio perché mi diverto. Sono partiti, la radio sintonizzata su una stazione indie-rock; e tra il volume assurdo, i finestrini aperti, perché ad Antonio piace sentire l'aria sulla faccia, e il clangore del furgone, per parlarsi l'unica era urlare a squarciagola.

Che musica ascolti? ha gridato Antonio.

Cosa?

Ho detto: che musica ascolti?

Un po' di tutto.

Un po' di tutto cosa? Il rock lo ascolti?

Sí.

Cosa?

Ho detto sí, lo ascolto.

No. Intendevo che tipo di rock, quali gruppi.

Andrea ha gonfiato le guance. Quello che capita, ha detto.

Antonio lo ha guardato con sospetto, occhi a tagliola e labbra cucite.

Che c'è?

Non mi piacciono i relativisti.

Andrea ha strabuzzato gli occhi. Ha fatto per aggiungere qualcos'altro, ma Antonio ha inforcato gli occhiali da sole, un'espressione seria. Gli ultimi capannoni lasciavano spazio a terreni aridi e polverosi, cosparsi di mezquite. Dove stiamo andando?

Ad Altar.

Dov'è Altar?

Verso nord. Verso Sásabe.

Cosa c'è a Sásabe?

Sásabe è sul confine, dove devi andare tu. Dove si *cruza*.

Non possiamo andare subito a Sásabe?

È a sei ore da qui. Passeremo la notte ad Altar.

E dove dormiamo?

Sul furgone. Tanto dormiremo poco.

Cosa vuol dire che dormiremo poco?

C'è un *palenque*, ha detto Antonio, tentando di sovrastare musica e vento.

Cosa?

Un *palenque*, ha gridato.

Cos'è?

Non sai cos'è un *palenque*?

No.

Non sei mai stato in Messico se non sei andato a un *palenque*.

Andrea ha urlato. Senti, sono stanco, Antonio. Viaggio da due giorni.

Al *palenque*, ha ripetuto Antonio. Ti porto al *palenque*. Dopo dormiremo.

Andrea ha chiuso gli occhi, lasciato che l'aria asciugasse la pelle. Poi dopo un po' si è scosso, ha schioccato la lingua. Antonio, ha detto.

Che c'è?

Cos'è un *palenque*.
Un combattimento tra galli.
Non voglio andare a vedere il combattimento dei galli, Antonio.
Ti piacerà.
Ho detto che non ci voglio andare.
Antonio ha alzato il volume dell'autoradio. La conosci questa?
Andrea non ha risposto.
Dài, non puoi non conoscerla.
Andrea non ha risposto.
Sono i Rage Against The Machine, ha urlato Antonio. Andrea. Li conosci?
No, Antonio. Non li conosco.
Andrea.
...
Antonio ha afferrato una coscia di Andrea, l'ha strattonata. Ohi, Andrea.
Che c'è, Antonio? Che c'è?
Che musica ascolti, Andrea? Oltre il rock, intendo.

Nonostante la stanchezza, quando Andrea apre gli occhi non è ancora l'alba. Il chiarore sulfureo penetra dai finestrini lasciandogli intuire una massa al suo fianco, sdraiata come lui nel retro del furgone: è Antonio, avvolto nelle coperte. Non respira, o almeno sembra non respirare; Andrea si chiede se è vivo. Raggiunge la maniglia del portellone ed esce nel nulla del mattino di Altar: nessuno in giro, alcune nuvole in cielo, una luce in una casa poco distante. Si chiede come ha fatto a finire lí. Ossia, non è che non lo sa come ha fatto a finire lí ad Altar – la richiesta di aiuto a Victor, i soldi prestatigli dalla madre di Aun-Liang – ma la domanda è: come ha fatto la mia vita a diventare tutto questo? Pensa che nella sua vita non c'era scritto nulla di tutto ciò: c'era la scuola e poi il lavoro e poi la sua città e gli amici, e una famiglia – sí, la *mia* famiglia, una moglie e un figlio, *piú* figli, e insegnare loro a nuotare e amarsi e litigare e fare pace con mia moglie, pensa, e la scuola, e i colleghi, e le cene, e prendere atto di un corpo che invecchia, i *nostri* corpi che invecchiano, pensa, il mio e quello di mia moglie, i figli che crescono e diventano adulti, vederli prendere il nostro posto nella vita, diventare piú intelligenti di noi, piú istruiti di noi, in possesso di strumenti per comprendere una realtà che noi, noi genitori, noi anziani, fatichiamo a capire, pensa, e nonostante tutto saperli meno consapevoli, ché la consapevolezza è una roba che si acquisisce per sedimentazione e accumulo e quindi i vecchi sono sempre un passo avanti, pensa, sul piano della consapevolezza, e accoglierli, i figli, quando avrebbero avuto bisogno di un residuo di saggezza, accoglierli sapendo che noi un giorno non ci saremo piú, e un giorno loro non ci saranno piú per i loro figli, e i loro figli per i loro figli. Questo c'era scritto. Nessun riferimento a New York, a Rembrandt, ai cinesi – si guarda attorno, e attorno ci sono le case e i capannoni della periferia di Altar ammantati da una luce che è la promessa d'un sole che sorgerà tra non molto – e nessun riferimento a tutto questo, pensa.

Dov'è la scaturigine dell'esistenza?

Ed è in quel momento che sente la musica: la musica è un canto. Sono voci. Arrivano da est, e per alcuni istanti ha l'impressione che sia l'alba a portarle; sfiatano dalle abitazioni là in fondo. S'incammina. Entra nei vicoli deserti e segue il canto – lo perde, lo recupera. Da dietro una curva sbuca un cane che si ferma in mezzo all'incrocio e lo guarda. Ha il muso di un antico guerriero, o di un dio azteco come Quetzalcóatl, al suo ritorno a casa dopo lunghe battaglie; allo sguardo fiero si contrappone il corpo scheletrico mangiato dai pidocchi, una ferita cicatrizzata male sul costato. Le voci riprendono a cantare, il cane lo guarda fisso, orgoglioso, poi s'allontana. Un anziano sta trafficando con una serratura seduto di fronte alla porta di casa, ha un bicchiere pieno di un liquido ambrato posato su uno sgabello, d'improvviso si alza e va a pisciare dietro una macchina; vede Andrea e lo saluta con la mano mentre con l'altra lavora sulla patta. Andrea continua a camminare seguendo le molliche dei canti finché sbuca in una piazzetta, delimitata da abitazioni basse e scalcinate – quattro alberi giovani piantati da poco e una chiesa. La chiesa è completamente bianca e la facciata, sovrastata dal campanile, ha la forma di una papaya. Le finestre sono illuminate e le voci, che dalla chiesa provengono, si fanno vigorose.

Entra.

Un centinaio di persone: uomini, donne, giovani, adolescenti, anche alcuni bambini, certi molto piccoli, in braccio alle madri. Sono in piedi, gli occhi rivolti a un prete dai capelli bianchi e la faccia di cuoio cotto dal sole, quasi tutti hanno uno zaino in spalla e chi non l'ha in spalla è perché lo ha appoggiato a terra, sotto la panca.

Il canto arriva alla fine. Il prete solleva le braccia per invocare la benedizione. Tutti s'inginocchiano. Poi, uno a uno, i fedeli raggiungono l'altare e il prete appoggia una mano sulla testa di ognuno e gli dà qualcosa – un bigliettino. Andrea si nasconde dentro a un confessionale, la gente comincia a uscire. Tra le mani di una donna vede ciò che il prete sta consegnando: è un santino, un volto maschile che non conosce. Decide di attendere; ha il desiderio di restare un po' lí da solo. Osserva la gente sfilare, sembrano tutti in procinto di partire per un viaggio.

Quando la chiesa si svuota, Andrea si accomoda su una panca. Poco dopo sente qualcuno alle spalle. Si gira: è il prete. Gli chiede qualcosa in spagnolo. Andrea risponde in inglese, dice che non capisce. Il prete si siede accanto a lui e lo guarda fisso.

E tu chi saresti? chiede in inglese.

Sarebbe sufficiente dire il proprio nome, ma Andrea si chiede se quella risposta non risulterebbe fasulla. Ride.

Che c'è da ridere?

È che c'è stato un tempo in cui avrei saputo rispondere a questa domanda.

Ora non piú?

Ora non sono sicuro che la risposta abbia importanza.

Il prete sospira. È importante cercarla. In questo senso, credo, la domanda vale piú della risposta.

Chi erano?

Chi?

Quelle persone.

Migranti. Raggiungeranno il confine in giornata e cercheranno di passare la frontiera.

Tutti?

Il prete sorride. Caro amico, loro sono un decimo di quelli che oggi ci proveranno. A volte cercano di *cruzar* anche cinquemila persone al giorno.

Cosa gli ha dato? Quel santino. Chi è?

Questo? Il prete ne estrae un mazzetto dalla tasca della camicia e gliene offre uno. È Toribio Romo, dice. Un prete cui spararono durante una delle molte rivolte che hanno costellato la storia messicana. È stato canonizzato pochi anni fa. I migranti pensano sia il loro protettore. Alcuni si portano dietro le sue preghiere scritte su fogli sparsi o quaderni e c'è chi indossa persino magliette con il suo volto. Raccontano di miracoli, di gente che ha trovato l'acqua, di bambini salvi dopo essere stati morsi da un crotalo, di uomini diventati invisibili per sfuggire alla *Migra*.

La *Migra*?

La polizia di frontiera.

Dietro il santino c'è una frase di Toribio Romo: Credo di essere un cittadino del mondo e di una Chiesa senza confini.

Devo andare, dice il prete. Ti rivedo?

No.

Allora, dice alzandosi, inginocchiati.

Cosa?

Inginocchiati, qui.

Andrea ubbidisce. Il prete gli posa una mano sulla testa, lo benedice e va via. Lui resta lí, in ginocchio, occhi chiusi.

Quando torna al furgone il sole si è alzato e Antonio lo aspetta, le mani sul volante.

Dove cazzo eri?

Non sarebbe male trovare un posto per prendere un caffè, dice Andrea entrando. Allora? È una splendida giornata. Che stiamo aspettando?

Antonio scuote la testa e mette in moto, la chitarra di Angus Young spazza via la polvere dal cruscotto.

Si fermano a un baracchino in uno dei parchi principali della città: ovunque trafficanti e migranti. I primi snocciolano destinazioni come litanie o caricano taniche d'acqua su furgoni che sul cofano, con il nastro adesivo, hanno scritto «Sásabe» oppure «Frontera». I migranti fanno acquisti in un supermercato poco distante che si chiama Super El Coyote. C'è chi vende caramelle, bibite e frutta secca richiamando l'attenzione con un campanaccio. Urlano. Giornali, pannocchie, tacos con guance di capra, trippa cotta al forno e *tejuino*; prugne secche e chili dolce.

Cani che abbaiano. I bambini piangono. Petardi – o forse colpi di pistola.

Antonio si fa riempire il bicchiere di caffè per il viaggio. Salgono sul furgone.

Quanto ci vuole per arrivare a Sásabe? chiede Andrea.

Un paio d'ore.

Poi?

Poi andiamo a parlare con don Reymundo.

Ci sono case che si sgretolano nel deserto tra carcasse d'auto, bar con le insegne scrostate, un emporio che vende tutto il necessario per attraversare la frontiera, lamiere e tralicci cui qualcuno ha legato un cavallo, terra e polvere – terra e polvere che coprono ogni cosa, da queste parti, le piante e le anime della gente, i sogni e le foto dei figli, le foto su cui i migranti soffiano, in segno di rispetto per i volti che stanno lasciando. C'è un cartello, a Sásabe, su cui c'è scritto: «Per i trafficanti i vostri bisogni sono solo un affare. I trafficanti non hanno nessun interesse per la vostra sicurezza o per la vostra famiglia: non ricompensateli con le vostre vite».

Vedi quel cartello? dice Antonio, indicandolo attraverso il finestrino. Quello è il modo con cui il governo messicano finge di contrastare l'emigrazione clandestina. I soldati fanno finta di vigilare. Molti sono sul libro paga dei trafficanti che hanno molti piú soldi dei politici che piantano i cartelli per pulirsi la coscienza e fare felici gli americani. Cosa gliene frega ai soldati se la gente se ne va in Arizona?

Antonio parcheggia il furgone a fianco di un albero di cotone: la chioma spoglia è un ragno ribaltato sulla schiena, le zampe rivolte al cielo. Resta qui, dice ad Andrea. Lui scende, attraversa la strada e s'infila in un cortile protetto da un muro di mattoni e cocci di vetro, oltre il quale s'intravede una parabola arrugginita e una cisterna. Passa un bambino in bicicletta: ha una maglietta rossa e un taglio sul ginocchio, vede Andrea e gli sorride; lui lo saluta con la mano. Il caldo è insopportabile. Ha sete, ma l'acqua dentro la bottiglia di plastica sembra piscio, si guarda attorno in cerca di un bar. Forse laggiú in fondo. Forse. Ma Antonio ha detto di non muoversi. Scruta l'ingresso del cortile, non vede nessuno. Non ci sarebbe nulla di male ad alzarsi e andare a controllare se sotto quell'insegna verde che s'intravede laggiú c'è la possibilità di avere qualcosa di fresco, giusto? Antonio ha detto di restare sul furgone. Ma la gola, il caldo.

In quel momento sente un fischio. Antonio fa segno di raggiungerlo.

L'edificio in cui entrano ha due piani. Al piano terra, un'ampia sala con sedie e tavoli e, in un angolo, due divani rossi su uno dei quali è seduto un uomo dai folti capelli neri e il sorriso luminoso. Andrea saluta e si guarda attorno. Le pareti sono bianche e spoglie, tranne un dipinto alle spalle dell'uomo, un ritratto, lo stesso del santino che Andrea porta in tasca: Toribio Romo. Nell'aria odore di frittura.

Lui è don Reymundo, dice Antonio. Don Reymundo, questo è l'amico di mio cugino Victor, l'italiano di cui ti ho parlato.

Lo conosci? chiede don Reymundo ad Andrea.

Chi?

Don Reymundo indica il quadro.

È Toribio Romo.

Proprio lui. Dicono protegga chi tenta di passare la frontiera. Che faccia miracoli. Tu credi nei miracoli, *ciudadano*?

Come mi ha chiamato?

Rispondi alla domanda, dice Antonio.

Ti ho chiamato *ciudadano*, cittadino. Ti spiace se ti chiamo cosí? Spero non ti dia fastidio. Preferisco non sapere i nomi propri delle persone: quella è roba che va bene tra figli e genitori. Invece, tutti quelli che passano da qui si sentono cittadini del mondo e nessuno si offende se lo chiamo cittadino. Tu, cittadino, ti senti cittadino del mondo?

Andrea soffoca una risata, infila le dita tra i capelli.

Qualcosa ti diverte, cittadino?

No. È che... conoscevo un'altra persona che mi chiamava cosí.

Don Reymundo prende una pipa di schiuma da un cesto che ha di fronte e che ne contiene diverse, apre la scatola del tabacco. Siamo ancora indietro di due risposte, cittadino, dice spezzettandolo con le dita.

Antonio gli tocca la spalla. Rispondi, dice.

La porta si spalanca ed entrano quattro uomini, due sono poco piú che ragazzi; uno ha entrambe le braccia coperte da tatuaggi intricati, le mani persino, e sotto gli occhi, sulle guance, ha tatuate delle lacrime: tre sotto il destro, due sotto il sinistro. S'avvicinano ai divani. Tre di loro si siedono; il ragazzo tatuato s'appoggia al muro, mani dietro la schiena.

Mi sento un cittadino del mondo, dice Andrea. Ma no, non credo ai miracoli, anche se ho grande rispetto per qualunque tipo di fede e di religione.

In cosa credi? chiede don Reymundo.

Andrea è immobile, le braccia lungo il corpo. Comincia a pensare che ci siano risposte giuste e risposte sbagliate, ma non ha idea di quali siano. In cosa credo? Non saprei. Credo nelle scelte, forse. Nella possibilità di scegliere. Ecco.

Anche nella possibilità di fare la scelta sbagliata?

Anche in quella, sí.

Hai fatto le scelte giuste, cittadino?

Quando?
Nella vita.
Dipende.
Da cosa?
Dai momenti.
No, dice don Reymundo alzando la voce. Dipende dalla lucidità.
...
Da quanto non siamo ostaggio delle emozioni.
Non sono d'accordo.
Non sei d'accordo?
No.
Pensi che le emozioni aiutino le persone a scegliere?
Credo che la verità nasca dalla contrattazione. Tra emozioni e razionalità, intendo.
Don Reymundo infila il tabacco nella pipa. Poi, cittadino?
Poi cosa?
In cos'altro credi?
Credo in me stesso.
In te stesso?
Sí.
Da quando?
Andrea incrocia lo sguardo con quello di Toribio Romo. Da quando sono partito per il Messico. Da quando ho deciso di tornare a New York.
Che lavoro sai fare, cittadino?
Sono stato un professore, di arte. So insegnare.
Credi nella bellezza? Don Reymundo rovista nelle tasche in cerca d'un accendino. Uno degli uomini lo precede; don Reymundo tira goloso. La bellezza salverà il mondo?
Il mondo lo salveranno le scelte degli uomini, ma credo che la bellezza possa indicare la direzione.

Don Reymundo annuisce, si sporge e bisbiglia qualcosa all'uomo seduto alla sua destra che si alza ed esce. Antonio è un caro amico, dice don Reymundo. Un caro amico, sí. E proprio per questo lo ascoltiamo volentieri e se possiamo fargli un piacere lo facciamo. E ora Antonio ci dice che tu, cittadino, hai bisogno di passare la frontiera, ma ci dice anche che non hai i soldi per pagare il passaggio. E allora noi vogliamo farti una proposta. Don Reymundo si sporge in avanti e l'uomo che prima aveva offerto il fuoco accende di nuovo la pipa che si è spenta. La proposta è passare la frontiera con uno zaino sulle spalle, cittadino; uno zaino da trenta chili sulle spalle, sí. Non ci vorranno piú di otto o nove ore di cammino, ma otto o nove ore di cammino nel deserto con uno zaino da trenta chili sulle spalle non sono uno scherzo per nessuno. Per questo i nostri *mulos* sono gente preparata, e soprattutto giovane; a occhio e croce un po' piú giovane di te, cittadino. Cosí ci perdonerai se abbiamo bisogno di una prova.

Andrea non sa cosa deve dire; cerca di focalizzare la parola *zaino*, di decodificarne il senso. Cosa c'è nello zaino?

Che ore sono?

Uno degli uomini controlla l'orologio. Quasi mezzogiorno, don Reymundo.

Perfetto, dice. Se non ti spiace, cittadino, la facciamo subito la prova.

La sterrata che gli si srotola davanti è delimitata a destra da colline aride, a sinistra da terreni granulosi e cactus. Gli uomini di don Reymundo scaricano dall'auto uno zaino. Trenta chili, dicono, ma queste sono solo pietre. Gli dànno un cappellino bianco e indicano la strada. Non devi fare altro che seguirla. Dritto. Fin quando non incontri un'edicola dedicata alla Madonna di Guadalupe. Alla base dell'edicola, sotto una pietra, troverai delle croci di plastica azzurra.

Che ci devo fare?

Gli dicono di prenderne una, infilarsela in tasca e tornare indietro.

Tutto qui?

Dovrà essere di ritorno entro due ore.

È lontana?

Lontana il giusto, dice il ragazzo con le lacrime tatuate che tutti chiamano Lagrima; gli dà due tanichette d'acqua da un litro. Aggiungono peso al peso. Una è piú che sufficiente, dice Andrea. Fa per restituire la seconda. Lagrima gliela preme contro il costato. Non dice nulla, solo la tiene ferma tra le sue braccia e lo guarda fisso negli occhi.

Due ore, ripete don Reymundo.

Sono senza orologio.

Non ti serve un orologio. Devi camminare. Senza fermarti.

Antonio è rannicchiato sui talloni all'ombra dell'auto, porta una mano alla fronte. Un uccello, forse un falco, disegna spirali in lontananza in direzione del *border fence*, la barriera costruita dagli Stati Uniti per contenere l'immigrazione clandestina. Non l'ha ancora visto, Andrea, il muro, e si chiede com'è. Ma nel frattempo, mentre se lo chiede, ha già cominciato a camminare. L'auto è ripartita per condurre don Reymundo a bere una birra ghiacciata in attesa di tornare a prenderlo. Mentre cammina si chiede com'è fatta la barriera: di mattoni, di legno, di metallo. Si chiede se dovrà saltarla o scivolarci sotto. Cammina. Il caldo è atroce. Il cappellino è come non ci fosse, è come se il sole fosse dentro. Cammina curvo sotto il peso dello zaino. La pelle a contatto con gli spallacci s'infiamma, la schiena gronda sudore, con il sudore cola via la forza. Si chiede da quanto tempo è partito e pensa che dev'essere partito da meno di mezz'ora – sono appena partito, pensa, non posso essere già cosí stremato. La forza di gravità è aumentata. Alzare un piede e posarlo due spanne avanti gli costa una fatica enorme. Attorno, nient'altro che deserto. Sopra, solo cielo. Terra e cielo sono infiniti, pensa. La sterrata è stata tracciata di fresco con tre o quattro copertoni agganciati a un pick-up. Tracce di pneumatici e coyote.

Dov'è l'edicola?

Termina la prima tanichetta d'acqua. Il corpo fa di tutto per trattenere i liquidi, ma la sete è costante. Si alza un refolo di vento, i cespugli di creosoto appassiti frusciano come serpenti. Quanti gradi ci sono? Quaranta – o cinquanta, pensa. Un dito del piede destro comincia a bruciare: si sta formando una vescica.

Quando raggiunge l'edicola della Madonna di Guadalupe, una costruzione di pietre e intonaco accecante, non sa quanto ha impiegato ad arrivarci e non sa quanto gli rimane. Non ha tempo per riposare, ha detto don Reymundo. Si toglie lo zaino, lo lascia crollare a terra ed emette un guaito di dolore e soddisfazione. S'inginocchia, cerca le croci di plastica azzurra. Solleva le pietre. Uno scorpione s'incunea in una fenditura tra le rocce. Eccole. Il masso, le croci. Ne prende una, l'infila in tasca e si alza. Con una fatica disumana si rimette lo zaino in spalla, si volta e riprende a camminare. Dopo un po' si ferma e guarda in direzione dell'edicola: gli sembra di averla appena lasciata, ma non la vede. Bene, pensa. Bene. Poi per un attimo ha il terrore di non aver preso la croce, di aver solo immaginato di prenderla. Sprofonda la mano nella tasca. No, eccola, la sente. Sí, l'ha presa, trascina i piedi: qualcuno gli ha legato una catena alle caviglie. Ha finito l'acqua. E pensare che voleva lasciare una delle tanichette al tipo con le lacrime tatuate sotto gli occhi; si chiede perché mai uno dovrebbe farsi tatuare delle lacrime sotto gli occhi. Ha letto che c'è un posto, lungo il *border fence*, dove hanno attaccato alla barriera migliaia di croci, una per ogni migrante morto. Lui non ha mai pensato di farsi un tatuaggio. Che tatuaggio farei? Cammina. Il sole sta spolpando le ossa. Il sudore cola negli occhi, che bruciano. Che tatuaggio farei? Cammina. E mentre cammina tenta di rispondere a quella domanda incongrua e mentre tenta di rispondere a quella domanda incongrua alza gli occhi al cielo e vede un luccichio, il riflesso del sole sotto la pancia di un aereo, lo segue allontanarsi. E quando alla fine abbassa gli occhi, quando l'aereo scompare all'orizzonte, vede lo stesso luccichio poco distante, davanti a lui. Impiega giorni settimane mesi a coprire gli ultimi metri. Poi qualcuno gli toglie lo zaino dalle spalle. Antonio offre da bere. Don Reymundo dice: Non male, cittadino, non male. Un po' in ritardo, ma pensavo peggio. Ora andiamo a pregare, a pregare e a mangiare.

Quella notte, Andrea fatica a prendere sonno nonostante la stanchezza. Gli occhi al soffitto, dove la luna ricama ombre strappate ai rami scheletrici degli alberi, si chiede a cosa sta andando incontro.

La mattina dopo, Antonio lo saluta: deve tornare ad Altar. Andrea lo abbraccia e lo ringrazia, gli chiede di avvisare Victor, dirgli che sarà presto a New York. Lo sguardo di Antonio è disincantato e serio piú di quanto lui abbia mai dato l'impressione di essere. Andrea sta ancora parlando quando Antonio lo afferra per le spalle. Il deserto è un bastardo, dice.

...

Non fidarti del deserto. Stai dietro alla guida e non fare cazzate.

No.

Ma non fidarti neppure di lui. Chiunque sia.

Non devo fidarmi della guida? Perché non devo fidarmi della guida?

Non ho detto che non devi fidarti. Fidati. Ma senza fidarti. Ci siamo capiti?

Di chi mi devo fidare?

Rispetta il deserto e fidati del tuo istinto. Sono stato chiaro?

No.

Di Jimi Hendrix ci si può fidare. Di Angus Young. E di Pete Townshend.

Di loro mi fiderei anch'io, Antonio.

Non pensare che sia già tutto fatto.

Sí.

Non dare niente per scontato.

No.

E trovati un amico.

Un amico?

Un amico.

Dove?

Qui.

Non conosco nessuno qui.

Io devo andare.

Antonio, tu conosci qualcuno qui che potrebbe essere mio amico?

Solo tu puoi riconoscere un amico, dice Antonio. S'abbracciano e pochi istanti dopo il furgone scompare tra le case in una nuvola di polvere. Andrea resta in strada, le mani in tasca, a vederla posarsi sui muri e sulle carcasse delle auto. Vede a terra un soldatino di plastica, deve averlo perso un bambino; si china a raccoglierlo. Sente una mano sulla spalla. Vieni con me, dice Lagrima. Devo portarti a fare spese.

Quali spese?

Per *cruzar*, dice indicando il confine.

Non ho soldi.

Anticipa don Reymundo.

Don Reymundo è molto gentile.

Sul viso di Lagrima irrompe un sorriso caustico. Gentile? Con chi pensi di avere a che fare, con un missionario? Don Reymundo non vuole perdere trenta stronzi chili di marijuana nel deserto, ecco perché è gentile. Vuole che tu sia in grado di portare il tuo culo oltre confine fino al punto di raccolta. Pensi di essere in grado di portare il tuo culo fino al punto di raccolta, dopodomani?

Partiamo dopodomani?

Ti ho fatto una domanda.

Sí.

Sí cosa?

Sí, penso di essere in grado di farcela.

Pensi?

Ce la farò.

Te lo auguro. Perché se non ce la fai il tuo problema non sarà il deserto. Il tuo problema è che don Reymundo ti farà tornare indietro dall'inferno e ti riporterà in vita solo per poterti strappare le unghie. Ci siamo capiti?

Sí.

Bene. E comunque sí. Partiamo dopodomani. Ora seguimi.

Camminando tra case e cortili raggiungono la strada che attraversa il paese e che in poche centinaia di metri ne racchiude l'arida economia fondata sul contrabbando di uomini e droga. *Polleros* seduti sui cofani fuori dai bar, che si aggirano circospetti scambiando battute volgari. Migranti appena giunti da Altar. Un gruppo arrivato in quel momento sta scendendo da quattro furgoni malconci. Saranno un centinaio. Donne con bambini piccoli, uomini dai denti macchiati e la pelle annerita, anziani dal sorriso timido e adolescenti con le scarpe da ginnastica colorate, gli occhi pieni di una promessa che mai riveleranno, sigillata nel ventre di una compagna di classe. Per alcuni è la prima volta, per altri no.

Entrano nell'emporio del paese, prendono cerotti per le bolle, sali minerali, occhiali da sole e calze. Sugli scaffali c'è tutto quello che serve per attraversare il deserto, dagli zaini ai cappelli ai rosari; a loro non serve altro.

Andrea osserva un ragno costruire la tela in un angolo della finestra. Sente trafficare in cortile, esce e si siede su una panca. All'ombra del portico, Lagrima sta finendo di intagliare una tavola di legno, usa un coltello a lama corta che di tanto in tanto passa su una coramella di cuoio spalmata di pasta per affilare; altri coltelli sono infilati in una cintura che pende dal muro.

Cosa stai facendo?

Una meridiana.

Per chi è?

Per mio figlio.

Hai un figlio?

Ho detto che è per mio figlio. Quindi ho un figlio. Tu hai figli?

Come si chiama?

Luis Fernando. Ha un anno e mezzo. Domani lo raggiungo.

Dove abita?

A Denver.

Come ci vai a Denver?
E tu come ci vai lí dove cazzo devi andare?
Vieni con noi?
No. Sei tu che vieni con noi.
Pensavo vivessi qui. Pensavo fossi…
Un *pollero*?
Pensavo lavorassi per don Reymundo.
Domani è il mio ultimo viaggio. Domani non torno indietro.
Sarai la guida?
No.
Hai fatto la guida?
Sí.
Perché non fai la guida, domani?
Perché sarò uno dei *mulos*. La guida è senza zaino, viaggia leggera.
Ma conosci la strada.
Io conosco la mia, di strada. Ogni guida ha la sua. La nostra guida sarà León e León ha le sue tracce.
Quali tracce?
Credi ci siano i cartelli nel deserto? I cactus, la linea dell'orizzonte, le colline: ogni cosa è una traccia, in quella merda. E ogni cosa ti disorienta.

Parlando, Lagrima finisce di intagliare il rosone del quadrante solare. Procede verso l'interno espellendo riccioli di legno rosso, ha quasi finito il decoro centrale quando la corrente spalanca una finestra e il riflesso della luce fa sorgere il chiaroscuro dell'intaglio.
È un drago, dice Andrea.
Mio figlio ama i draghi.
Perché li ha visti sulle tue braccia?
Mio figlio non ha mai visto le mie braccia.
Non hai mai visto tuo figlio?

No, dice Lagrima. Non ho mai visto mio figlio, ma ho visto la donna che lo ha messo al mondo e la donna che lo ha messo al mondo è la luce del mondo, ed è quella luce che mi aspetta a Denver. E ora, *pinche guero*, se fai ancora una domanda ti infilo questo coltello in gola e uso il tuo sangue per impregnare il legno.

La seconda notte Andrea fatica ancora a prendere sonno, è agitato. Ha sete, va spesso in bagno. Tornando s'affaccia alla porta che dà sul cortile e vede Lagrima inginocchiato alla luce di una lampada che applica con una spugna il mordente alla meridiana; canticchia una nenia a bocca chiusa e ciondola appena, come fanno i bambini quando si perdono in un sogno.

Il giorno successivo scivola tra il ronzio delle mosche e i colpi del pallone che un gruppo di ragazzini calcia contro il muro d'una casa, sul retro della proprietà di don Reymundo. Andrea trascorre il tempo a spiare fuori dalla finestra del bagno una ragazza seduta su una ringhiera, di fronte al portico che separa la strada dal basso caseggiato alle sue spalle: indossa una felpa nera con dei motivi bianchi, pantaloni neri e scarpe nere con i lacci gialli; ha occhi stretti e allungati verso le tempie, si morde le unghie e gioca con gli anelli di metallo di cui ha piene le dita. Di tanto in tanto si ferma una macchina o una moto da cui scende un uomo che infila la porta senza degnarla di uno sguardo – lei si alza e lo segue. Quindici minuti dopo escono entrambi: prima lui, poi lei. L'uomo se ne va. La ragazza torna a sedersi sulla ringhiera – chiude gli occhi, annusa il vento a oriente. Da dietro l'angolo sbuca un bambino in bicicletta: è il bambino che ha visto il primo giorno, quello con la maglietta rossa e il taglio sul ginocchio. Si ferma davanti alla ragazza e le dice qualcosa, ride, ha i denti bianchissimi; dalla tasca estrae un pacchetto di caramelle e la ragazza ne prende una.

La terza notte Andrea è sdraiato sulla branda quando la porta si spalanca e una voce che non riconosce dice: *Levántate! Ya es hora de irnos.* Si mette a sedere, infila il secondo paio di calze e si allaccia le scarpe; s'accorge che gli tremano le mani. Esce in cortile. C'è un pick-up parcheggiato di fronte al portico, cani che abbaiano. Ammucchiati a terra, dieci zaini militari di quelli grandi, da settantacinque litri, usurati e stinti dal sole. León, quello che due giorni prima continuava a offrire a don Reymundo il fuoco per la pipa, dice di prenderne uno e di caricarlo sul pick-up. Lagrima sta assicurando la meridiana al suo. C'è chi, nelle tasche laterali, infila barrette energetiche e prugne secche.

Andrea lo solleva, lo indossa; regola gli spallacci. D'un tratto León gli appare di fianco. Prendi, dice. Ha in mano sei pillole celesti.

Cosa sono?

Ti aiuteranno a camminare.

Sí, ma cosa sono?

Efedrina.

Cos'è l'efedrina?

Rimandiamo la lezione di chimica alla prossima volta, okay?

Andrea ne posa una sotto la lingua.

Tutte, dice León.

Andrea raccoglie da terra una delle tanichette, prende le pastiglie e le inghiotte.

León ne estrae altre sei dal sacchetto di carta che tiene in mano e passa a un ragazzo alto e magro che indossa una maglietta bianca con la bandiera degli States disegnata con un pennarello: le ingurgita senza chiedere.

Cos'erano?

Lagrima issa lo zaino sul pick-up facendo attenzione alla meridiana. Bruciagrassi, *guero*. Pillole per dimagrire. Economiche e reperibili. La differenza è nella quantità. Tra poco ti sentirai come se ti avessero attaccato alla corrente.

Salgono tutti sul cassone, lo zaino stretto tra le gambe. Un leggero formicolio comincia a diffondersi per il corpo, rende inquiete le dita e fa prudere il collo; il cuore pompa sangue ai muscoli togliendolo alla cute, aumentano battiti e pressione. Andrea si sente piú aggressivo, piú vigile; quando si è alzato aveva fame, ora non l'ha piú. Escono dal cortile. Don Reymundo li saluta con la mano come stessero partendo per una gita. C'è uno spicchio tagliente di luna alto nel cielo. L'hanno scelta apposta, quella sera, ha la luce giusta per mutare i corpi in ombre.

Il muro è fatto di griglie di metallo alte tre metri, modulari, con fondamenta in cemento armato per evitare che la gente scavi un buco per passarci sotto. Il pick-up accosta vicinissimo e spegne il motore. León si muove per primo. Dal cassone sale sul tetto dell'abitacolo e s'appende con le mani al bordo di metallo della griglia. Si tira su a braccia emettendo un guaito, appoggia lo stomaco, getta una gamba dall'altra parte. Resta per alcuni istanti a cavalcioni. Raccoglie la gamba e passa oltre, rimanendo appeso alla barriera il tempo necessario a guardare dove cadere, poi si lascia andare, piegando le gambe nell'istante dell'impatto con il terreno, rotolando su un fianco per attutire il colpo e proteggendosi la testa per la paura di battere contro una roccia. Si rialza, dice di fare attenzione: ha visto uomini fratturarsi una caviglia saltando giú dalla barriera e concludere lí il loro viaggio.

Uno alla volta saltano sull'abitacolo, gettano lo zaino. Andrea è l'ultimo. L'efedrina ha instillato un'eccitazione velenosa, le azioni sono piú veloci dei pensieri. Quando è già in piedi, oltre la barriera, lo zaino in spalle, crede ancora di essere sul pick-up. La terra vibra. Tiene gli occhi fissi sulle scarpe di Lagrima, tre spanne davanti alle sue, la meridiana che oscilla. È in territorio americano. È in America. Sono tutti in America. Per tre o quattro di loro è la prima volta. Per gli altri è un rientro conseguente al rimpatrio. Sono tutti ragazzi, forse ventenni, e un paio, a giudicare dai volti glabri, neppure quello. Sul pick-up non si sono scambiati i nomi, non si sono presentati, e a mala pena si sono guardati in faccia: i corpi, il sangue e i muscoli sono lí, ma gli occhi sono già in Arkansas o in Nebraska, e il cuore, il cuore chissà dov'è.

Hanno davanti quindici miglia da percorrere nel minor tempo possibile e per minor tempo possibile s'intende non piú di otto, nove ore considerando che di notte cammineranno piú velocemente di quanto saranno in grado di fare una volta sorto il sole, quando il caldo calerà come una coperta dando loro l'impressione di avere un vulcano in testa e termiti nelle vene.

Si muovono in un paesaggio immutabile: cespugli, rocce, tronchi d'acacia, i cactus saguaro simili a uomini dinoccolati, le braccia al cielo. Andrea non ha idea di come León riesca a orientarsi – con le stelle, pensa; alza gli occhi e delle stelle sente l'urlo. Nessuno parla.

Dopo due ore, una sosta. Andrea si accascia a terra. Quanto è costato il muro? chiede.

Lagrima ingoia una manciata di frutta secca.
Il *border fence*. Quanto è costato?
Cazzo te ne frega?
Dev'essere costato un sacco di soldi. Hanno speso un sacco di soldi per costruire una barriera che si supera saltando sul tetto di un pick-up.
E allora?
È che pensavo...
Pensa in silenzio.
Sí.
E siediti sullo zaino, non per terra. Di notte escono gli animali. Animali che strisciano ed entrano sotto pelle o che se li tocchi ti copri di pustole.
Andrea scatta in piedi, si strofina i pantaloni.
León fa segno di ripartire.

Il rumore dei passi s'accorda al respiro. Ad Andrea torna in mente *L'uomo che uccise Liberty Valance* e sente la voce di Andy Devine dire: Ma il deserto è sempre lo stesso. Vera Miles chiedere: E i cactus sono in fiore, vero? Andy Devine frustare i cavalli della carrozza. Sente rumore di cavalli, Andrea. Si volta, li cerca, ma non li trova. Hai sentito anche tu? chiede.
...
Lagrima. Hai sentito anche tu?
Cosa?
Poi, le voci esplodono. Due voci all'unisono. E la luce. I fari che accecano.

L'incandescenza dei filamenti di tungsteno dei fari alogeni, a terra tra le pietre, produce un fascio di luce radente che disegna arabeschi nella polvere. Avvolti da ragnatele luminose, si proteggono gli occhi. Si sentono d'un tratto nudi – ciechi e nudi, come se la luce gli avesse strappato i vestiti di dosso.

Non muovetevi, fa una voce maschile.

Nemmeno un passo, fa una voce femminile.

Entrambe sono fresche e squillanti, ma quella del ragazzo tradisce l'agitazione.

Siamo in arresto? chiede León.

Tra poco lo sarete, dice il ragazzo. Tra poco... saranno qui. Cioè, saranno qui a momenti. Quindi non fate scherzi. Ci siamo capiti?

Facciamo un'altra cosa, risponde León, schermandosi dalla luce con le mani. Mentre voi aspettate la *Migra* noi invece ce ne andiamo, che ve ne pare?

Non lo farei fossi in voi, dice la ragazza.

Perché?

Perché se vi allontanate saremo costretti a sparare.

Siete armati?

Sí sí, dice il ragazzo. Proprio cosí. Non costringeteci a sparare, avete capito?

E chi ci dice che avete delle armi? I ragazzini non vanno in giro armati, per lo meno non dalle mie parti. Nossignore. León si volta verso il gruppo. Andiamo, non perdiamo tempo con questi...

Ehi! La ragazza esce dall'ombra, un passo avanti a uno dei fari alogeni. Non ha piú di diciott'anni, i capelli biondi raccolti in una treccia, un cappello a tesa larga e in mano un fucile puntato verso León. Come lo chiami questo? È un fucile o sbaglio, signor so-tutto-io? Che mi racconti ora?

Chris, torna qui. Torna qui dietro, bisbiglia il ragazzo.

Allora? dice Chris.

León raccoglie le maniche della camicia fin sopra il gomito. Il fatto che tu abbia un fucile non significa che tu sappia usarlo, *niña*.

Tu dici?

Cosa pensi di fare se ce ne andiamo?

Quello che non fa il nostro governo.

Chris. Porca... porca puttana, Chris. Ti ho detto di tornare qui, dice il ragazzo.

Sai cosa penso, *niña*? Che tu hai un fucile che non userai mai e il tuo amichetto là dietro non ha neppure quello. E ora che ci penso, probabilmente è scarico.

Lagrima si toglie lo zaino e lo getta a terra, ci si siede sopra.

Che fai? dice Chris. Alzati immediatamente.

Alzarmi? dice Lagrima sbuffando. Sono stanco. E se proprio dobbiamo stare in questa merda per lo meno lasciami sedere, no? Quest'affare pesa un accidente.

No. Ha ragione la *niña*, dice León. Alzati e andiamocene.

Chris punta il fucile verso il buio e spara un colpo che risuona secco nel deserto, come un albero che si spezza. Sta per dire qualcosa, qualcosa come: ecco, vedi. Ma in quell'istante – nel medesimo istante – Lagrima si china, raccoglie da terra un sasso grosso quanto un'arancia, articola un movimento laterale con il braccio, come per lanciare un frisbee, e lo scaglia verso la ragazza; la pietra schizza attraverso i reticoli di luce e la colpisce in faccia; la pelle si slabbra, un fiotto di sangue schizza dal naso mentre lei crolla a terra.

León corre via e il gruppo lo segue, per quanto sia possibile correre con trenta chili sulle spalle, e anche Andrea sta per scattare quando con la coda dell'occhio vede Lagrima avvicinarsi al fucile. Lo raccoglie e si volta per tornare a prendere lo zaino, ma dall'ombra, con un urlo grottesco, sbuca l'altro ragazzo. Lo aggredisce alle spalle. Lagrima scarta di lato, gli afferra il polso con la mano libera dal fucile e gli storce il braccio, ma mentre perde l'equilibrio il ragazzo estrae dalla cintura un coltello e glielo affonda nella coscia. Lagrima urla, solleva la gamba ferita. Il ragazzo cade a terra. Con la forza accresciuta dalla scarica di adrenalina causata dal dolore Lagrima abbatte la gamba ferita sull'avambraccio del ragazzo che si spezza con un rumore che Andrea non riuscirà piú a dimenticare. Carica il fucile, glielo punta contro, il dito sul grilletto.

Aspetta, urla Andrea.

Il ragazzo si raggomitola attorno al braccio spezzato, piange.

Ora l'ammazzo questo bastardo. L'ammazzo sí, io l'ammazzo. Si guarda la coscia che perde sangue. Cazzo! grida. Cazzo cazzo cazzo!

Lagrima, dice Andrea, Lagrima, guardami. Bisogna raggiungere gli altri, andare via.

Lagrima ha una fitta improvvisa, urla e digrigna i denti, gli occhi sono lucidi.

Dobbiamo scappare. Pensa a tuo figlio.

Cazzo c'entra mio figlio?

Salva la tua vita.

Mi salverò dopo avergli sparato.

Il motore di un'auto, i fari in lontananza.

Sta arrivando la polizia. Andrea poggia una mano sul fucile.

Lagrima sgrana gli occhi. Togli quella mano.

Andiamocene, dice con un filo di voce. Ti prego.

Il volto di Lagrima è rabbia e dolore, controlla il respiro; poi, mentre il ragazzo continua a piagnucolare e a chiamare Chris, lentamente si volta. Usa il fucile come bastone, raggiunge lo zaino. Andrea lo aiuta a indossarlo, ma appena prova a fare un passo urla.

Non ce la fai. Lascialo qui.

Non posso.

Lascialo. Non puoi portarlo.

Sei pazzo?

Se non lo lasci tra due minuti sarai ammanettato.

Lo zaino rotola a terra. L'acqua, dice Lagrima, prendi l'acqua.

Andrea estrae una bottiglia dalla retina.

E la meridiana. Sgancia la meridiana.

È legata con lo spago, fa Andrea.

Disfa il nodo.

Non ci riesco.

Il rumore del Ford Explorer della polizia di frontiera si fa sempre piú forte.

Tagliala, dice Lagrima. Taglia la corda.

Andrea non ha nulla con cui tagliarla, si guarda attorno. Vede il coltello del ragazzo luccicare a terra. Lo raccoglie, forma un'asola, infila la lama e in un istante la corda cede. Lagrima stringe la meridiana al petto. Andrea lo sorregge. S'affrettano in direzione del buio, incespicando. Dopo qualche minuto s'accasciano dietro un declivio, ansimanti. Lagrima sfila la maglietta e la dà ad Andrea che la strappa e la usa per fasciargli la gamba e fermare l'emorragia.

Dove sono gli altri? chiede Lagrima, cercando di afferrare il respiro con i denti. Da che parte sono andati? Hai visto da che parte sono andati?

No.

Lagrima si guarda attorno. Fammi alzare. Volta la testa a destra e a sinistra, occhi da lupo – li alza al cielo. Poi: Da quella parte, dice. Infila il braccio tra il collo e lo zaino di Andrea e insieme scendono lungo una china sabbiosa, illuminati da una luna gentile, buona solo per raccontare favole.

L'alba sorge sul deserto e con i primi raggi il caldo satura l'aria. Si sentono dei fruscii tra le rocce. Lo scricciolo dei cactus va a caccia di insetti che l'umidità della notte ha fatto uscire allo scoperto e che ora non deve piú contendere alle civette.

Camminano con una lentezza esasperante. Lagrima è allo stremo delle forze. Andrea gli offre delle caramelle, parla per distrarlo, per aiutarlo a concentrarsi su altro che non siano le fitte provate a ogni passo. Con parole sbreccate si dicono cosa è stata la loro vita. Lagrima racconta della Mara Salvatrucha, l'organizzazione criminale da cui è uscito, dei tatuaggi che oggi si possono anche togliere dal corpo ma che è impossibile cancellare dalla memoria; dei morti. Quanti? chiede Andrea. Conta le lacrime, è la risposta. Parlano dei loro sogni, del perdersi e del ritrovarsi, del ritrovarsi come conseguenza del fatto che ci si è persi, di quando ci si scopre improvvisamente altro da ciò che ci si era sempre considerati, altro da come ci si era visti riflessi negli occhi delle persone i cui occhi erano per noi importanti.

Tu come cazzo ci sei finito in mezzo a un deserto? chiede Lagrima.

Per via di un abbraccio, risponde Andrea.

Poi le parole si sbriciolano – prima in testa, quindi sulle labbra screpolate. L'ipertermia gonfia le dita dei piedi e confonde le idee che come fiori di carta subito prendono fuoco. È cosí che comincia. Dai disturbi generali. La sete è implacabile e nonostante Andrea e Lagrima facciano di tutto per razionarla, l'acqua finisce senza che sappiano come: alzano la bottiglia e dentro non c'è nulla. Sudano dalle ascelle e dall'inguine, dalla fronte e dal collo. Il corpo assorbe tutta l'acqua che trova e la rilascia per raffreddare la cute. Hanno il deserto nello stomaco perché l'hanno ingoiato, nei polmoni per averlo inalato. La bocca è spalancata, ma piú aria entra in gola piú la carne s'asciuga. La lingua è una sanguisuga.

Cominciano i crampi. Hanno finito i sali e senza sali i muscoli s'inceppano. Sono le dieci del mattino. Al luogo di raccolta erano attesi entro le nove. Dove saranno gli altri? Li staranno cercando? Si fermano a riposare sotto una sporgenza che regala trenta centimetri di ombra – il sollievo è immediato ma Lagrima sembra sul punto di perdere coscienza. Andrea gli appoggia una mano sulla fronte: ha la pelle gelata. Pensa che forse dovrebbero dormire un po'. O anche svenire. Sa che quando il corpo ti fa svenire è per salvarti: spegni le macchine, dice, spegni, svelto, o qua esplode tutto!

Speriamo non ci trovi, dice Lagrima.

Chi?

Il *chupacabra*.

...

Il mostro succhiasangue.

Il cosa?

Attacca gli animali. Salta... Salta dentro le stanze dei bambini. Mentre dormono. Per divorarli.

Il *chupacabra*?

Lagrima annuisce.

Sai, non credo esca a quest'ora il *chupacabra*.

Il *chupacabra* esce... quando meno te lo aspetti.

Abbiamo il fucile, dice sorridendo. Ci sono ancora dei colpi?

Non lo so.

Andrea afferra il fucile. Dove devo guardare?

Lagrima lo prende e lo apre senza sforzo. Un colpo solo, dice.

Basterà, dice Andrea. Per il *chupacabra* basterà, ne sono certo.

Lagrima posa il fucile accanto alla gamba, chiude gli occhi. Hai fatto bene.

A fare cosa?

A salvarlo. Il ragazzo.

Il ragazzo. Sí. Ora però non ti commuovere, dice Andrea.

Lagrima alza una mano come stesse sollevando il mondo. Porta le dita al viso e con il pollice fa finta di asciugarsi le lacrime tatuate sotto gli occhi.

Scoppiano a ridere entrambi, una risata dolorosa che riempie le ossa di spilli.

Non sa da dove sia arrivato, ma a un certo punto lo vede: è il bambino con la bicicletta, quello con la maglietta rossa e il taglio sul ginocchio. Lo vede passare e sorridergli, poi sparire tra le rocce lasciandosi dietro una coda di polvere e allegria. Andrea pensa che da piccolo anche a lui sarebbe piaciuto esplorare in bici un posto del genere e pensandoci gli torna in mente che lui e i suoi amici attaccavano le carte da gioco ai raggi delle ruote con le mollette per fare fracasso pedalando, i catarifrangenti di plastica sul bordo dei pedali; che gli piaceva fare lo slalom tra le macchie d'unto sul cemento, gli scontrini caduti dai sacchetti della spesa, o anche tra paletti che immaginava soltanto, e quando lo faceva si sentiva uno che in bici ci sapeva andare; fino al giorno che, mentre era lí a zigzagare come un funambolo lungo un percorso fantasma, il suo migliore amico si era fermato a osservarlo, e alla fine delle evoluzioni aveva detto: Ma sei scemo? Lui non poteva vederli i suoi paletti, e a dirla tutta non era rimasto il suo migliore amico a lungo. In ogni caso da quel giorno aveva smesso di andare a zig-zag.

Quando sentono le urla è come in un sogno. Si sono appisolati entrambi.

Le senti anche tu? chiede Lagrima scuotendolo.

Dov'è?
Chi?
Il bambino.
Quale bambino? È una donna.
Andrea si stropiccia la faccia per ripulirsi dal torpore. Volta la testa e si concentra sulle orecchie. Sí, dice. Le sento.
Aiutami.
Escono dalla striscia d'ombra come lombrichi. Seguono il suono della voce – delle voci, sono piú d'una – che a mano a mano che s'avvicinano si sgretolano in risa e lamenti, guaiti e imprecazioni. Lasciano lo zaino dietro una roccia. Si arrampicano e si sporgono ventre a terra, polvere tra la polvere. Quando Andrea mette a fuoco la scena è come se una mano invisibile gli afferrasse la testa sbattendogliela al suolo con violenza. Sotto di loro, nella conca scavata tra due rilievi di roccia lunare, grigia e tumefatta, un uomo sta violentando una ragazza mentre un secondo, con la pistola in mano, tiene sott'occhio un gruppo di migranti costretti ad assistere, inginocchiati – le mani in grembo, il capo chino.
Andrea distoglie lo sguardo, ha la mente piena di pietre acuminate, poi lo riavvicina con pudore, soffermandosi su una pozza d'acqua che fuoriesce da una gola e s'allarga in una cavità. Solo allora nota i motivi bianchi sulla felpa nera della ragazza, i pantaloni neri raccolti attorno alle caviglie, la pelle lucente delle gambe, i lacci gialli delle scarpe, le dita piene di anelli che si aggrappano inutilmente alla terra.
Hijos de puta, soffia Lagrima.
La conosco, sibila Andrea. La ragazza. Era a Sásabe, ieri. Era...
Era davanti alla casa di Rosario. Si è pagata il viaggio con il corpo.

...

Questi due non si erano presi la loro parte. O ne volevano ancora.

Cosa facciamo?

Niente, dice Lagrima.

Ma come niente? Non possiamo...

Io che mi trascino. Un fucile con un colpo solo. Cosa pensi di fare?

...

Lagrima comincia a strisciare via. Retrocede su avambracci e gomiti, pesando sulla gamba sinistra e tenendo la destra rigida e sollevata.

Non puoi...

Posso, lo sto facendo. E tu vieni con me, *entendido*?

Lagrima...

Seguimi, ho detto.

È incredibile la velocità del pensiero. I concetti possono forgiare immagini e le immagini accumularsi, le une sulle altre, eludendosi o agglomerandosi, a migliaia, in un tempo cerebrale misurabile in ère geologiche, mentre sulla Terra, in realtà, sono passati pochi secondi. E intanto due o tre domande – non saprebbe dire con esattezza quali, Andrea, perché tale è l'urgenza della risposta che di loro, dopo pochi istanti, non restano che riccioli di cenere – si diffondono come luce tra catene di sinapsi elencando possibilità. Posso andarmene, pensa. O posso fare qualcosa. Posso perdere la vita. O posso salvarne una. E in quel tempo cerebrale fatto di scintille soppesa le conseguenze di entrambe le azioni e no, non sceglie quella che ritiene giusta: sceglie quella che, qualunque cosa accada, lo farà soffrire di meno.

Con una precisione di movimento che non sente sua, come se a muoversi non fosse lui, ma una idea perfetta di sé stesso, agguanta per la canna il fucile che Lagrima sta trascinando via nella polvere. Impreparato, Lagrima non oppone resistenza: un secondo prima ce l'aveva, un secondo dopo è tra le mani di Andrea, e un istante ancora dopo aver registrato la presenza del fucile tra le mani di Andrea, Lagrima lo vede alzarsi da terra, Andrea, avanzare di due passi, elevarsi sul bordo del costone, allargare le gambe per ancorarsi alla roccia e puntare il fucile in direzione dell'uomo con la pistola, lo sguardo che vaga da lui a quello che si dimena tra le gambe della ragazza.

Getta la pistola, urla stridulo. E tu... tu allontanati da lei.

Si voltano tutti, *polleros* e migranti. Quello con la pistola allarga le braccia ma non butta l'arma. E tu, dice, da dove sbuchi?

Getta la pistola, ho detto. Qui. Da questa parte.

Chi cazzo sei? Non sembri un *minuteman*. E neppure uno della *Migra*.

L'altro uomo si alza e s'aggiusta i pantaloni. La ragazza s'allontana gattonando verso la pozza d'acqua.

Mani in vista, grida, la voce piena di terrore. Anche tu.

Devo allacciarmi la cintura, dice.

Sí... Anzi, no. Alza le mani. E tu lascia quella pistola o giuro che ti sparo.

Giuri che mi spari?

Non credo lo farà, dice l'altro tirando su con il naso.

E comunque non credo sarebbe in grado di colpirmi.

Non... Non mettetemi alla prova, fa Andrea. È possibile che io sbagli mira, ma è anche possibile, ecco, è possibile che la pallottola, che la pallottola vada a conficcarsi dritta nel tuo stomaco, sí, dico a te, trapassando il fegato, o nel petto e che perfori un polmone, o il cuore, o in faccia, se volete possiamo fare una prova, che ne dite? Proviamo? Sul fatto che sia pronto a sparare vi invito a non dubitare, ma sí, potrei mancarti, potrei mancarti, ma anche colpirti, che ne dici? E tra pochi secondi potresti essere vivo e io essere morto, ma potrebbe anche essere che io sia vivo e tu sia morto, o peggio che morto, ferito in modo atroce, disabile per il resto della vita, la pallottola potrebbe non ledere nessun organo vitale ma andare a frantumarsi contro la spina dorsale e potresti trascorrere il resto dei tuoi anni su una sedia a rotelle, paralizzato dalla vita in giú, o a letto, tetraplegico, le possibilità sono infinite, ossia, non proprio infinite, numerose, le possibilità sono numerose, vogliamo provare? Che dite? Siete disposti a rischiare? Vediamo chi pesca la carta fortunata? Perché tra l'altro faccio notare che sono io quello con il dito sul grilletto e il primo proiettile a partire, anche solo come reazione a un movimento sospetto, sarebbe il mio. Allora?

Le parole erano uscite come un treno in curva, sferragliando e schiantandosi, vagone dopo vagone, contro un terrapieno, tra stridore di freni e odore di bruciato e lamiere contorte e vetri in frantumi. Sente le gambe liquefarsi – la consapevolezza del fucile tra le mani, del grilletto contro il polpastrello.

Sai cosa? fa l'uomo con la cintura slacciata, rivolgendosi al compagno. Ho paura che se non facciamo come dice, questo finisce che ci ammazza di parole. Ecco cosa. Fossi in te, Pablo, butterei la pistola.

Dove esattamente, Rodrigo?

Falla cadere e basta. Allontanala con un calcio.

Credo mi abbia chiesto di lanciarla verso di lui.

Be', lanciala verso di lui, allora.

Cosa faccio? chiede rivolgendosi ad Andrea. Mi piego e la lancio rasoterra o te la getto come fosse un ferro di cavallo da infilare nel picchetto, eh? Che dici? Cosa è meglio?

Lanciala... lanciala e basta, dice Andrea, la voce è un filo di paglia.

L'uomo, senza distogliere lo sguardo da Andrea, afferra la pistola per la canna con un movimento rapido delle dita e piegando il polso come per distribuire una carta dal mazzo la fa volare di piatto nell'aria incurante del mattino; la pistola rimbalza e si ferma di traverso tra due pietre.

Ora che facciamo? chiede l'uomo con la cintura slacciata.

Ora ve ne andate.

Dove?

Cosa devo rispondere, pensa, cosa devo rispondere? Non è affare mio, dice.

Nel senso che ci pensi tu a condurre questa gente al punto di raccolta?

Questa gente?

Intendo dire, *guero*, tu lo sai come si esce da questo deserto, giusto? Sei uno dei volontari di No More Deaths, giusto? O qualcosa del genere.

Non è... non è affare vostro chi sono, dice Andrea. Due mani mostruose gli strizzano i polmoni. Vorrebbe voltarsi, sapere se Lagrima è dietro di lui, ma non osa distogliere lo sguardo.

Sai cosa penso, Rodrigo? Questo non ha la piú stronza idea di come uscire dal deserto, dice l'uomo che ha lanciato la pistola.

Credo anch'io, Pablo.

Voi che ne pensate? dice l'uomo che ha lanciato la pistola, gli occhi inchiodati in quelli di Andrea, ma rivolgendosi agli anziani, ai ragazzi e alle donne alle sue spalle. Vi lasciamo nelle mani di questo tizio? Ma tu, tu poi che fai? Non sai dove li stiamo portando e non sai neppure come uscire da questa merda, vero? Io non credo vi convenga seguire il vostro supereroe, qui. Che dite? Non credo proprio.

Una donna con un cappello di paglia che tiene per mano una signora anziana sussurra qualcosa nell'orecchio all'uomo che le sta accanto. In breve, come in un alveare, tra bisbigli e segni del capo, si propaga una discussione che, d'un tratto, cosí com'era cominciata, finisce. Fissando un ragno che s'arrabatta nella polvere la donna con il cappello di paglia chiede a nome di tutti di poter riprendere il cammino e di raggiungere il punto di raccolta. I due uomini sogghignano, allargano le spalle e il petto.

Cosa devo fare, pensa, cosa devo fare? E tu? dice.

La ragazza non risponde.

Dico a te, fa Andrea. Vuoi andare anche tu con loro?

La ragazza solleva la testa, come per un fischio lontano. Il sole le illumina gli occhi e viene risucchiato da quei buchi neri che contengono tutto il dolore del mondo.

Lei puoi anche tenertela, dice l'uomo con la cintura slacciata. È brava, sai? E te la sei meritata. Oh sí. Dico bene? Ride. Ed è come se un cane coperto di fango si fosse scrollato, spruzzando liquami tutt'attorno. Ti consiglio di prenderla da dietro, aggiunge muovendo il bacino. E ride ancora. E innescato dalla sua risata il ghigno del compagno, prima timido, muta in un'altra risata marcescente. Forte. Ridono forte. Ed entrambe le risate, d'un tratto, saturano le orecchie di Andrea provocandogli un dolore lancinante al nervo cocleare che innesca una reazione a catena nel corpo, un'eruzione che lo porta a non percepire piú con sufficiente esattezza l'intensità della pressione con cui sta solleticando il grilletto del fucile.

Il rinculo dell'arma lo coglie di sorpresa.

Del suono dello sparo registra solo la radiazione di fondo.

La cintura slacciata frusta l'aria. L'uomo viene sbattuto a terra. Il suo compagno emette suoni gutturali con la bocca spalancata. L'uomo si rotola, si lamenta, stringe la spalla – sotto di lui il sangue s'allarga guidato da impercettibili variazioni del terreno. I migranti s'allontanano di corsa incespicando, s'acquattano dietro le rocce; alcuni si raggruppano come per proteggersi dal vento; una donna piange.

Digli di andarsene, dice una voce.

...

Digli di andarsene, ripete.

Lagrima, sussurra Andrea.

Digli di andare via.

È ferito. Bisogna...

Digli che lo portino via.

...

Diglielo.

Andate via, urla, quasi piangendo.

Gli hai sparato, dice il *pollero* portandosi le mani ai capelli. *Hijo de puta* bastardo, gli hai sparato.

Vai via, ripete. Vorrebbe dire: *ti prego.* Sente di averlo sulla punta della lingua – *ti prego ti prego ti prego ti prego vattene* – e lotta per tenerselo dentro; si tappa la bocca con la mano. Vai via, urla tra le dita. Via. Porta quella gente con te. E lui anche, indica l'uomo che guaisce a terra. Porta via tutti. *Ti prego ti prego ti prego.*

Tranne la ragazza, sussurra Lagrima.

La ragazza no, urla Andrea. Tu... tu no.

E cosí accade.

È *agua sucia*, dice Lagrima, quando Andrea s'avvicina per lavarsi la faccia. Non berla.

Non la beve, soltanto immerge le mani nella pozza e le lascia lí. Guarda la macchia lasciata dal sangue dell'uomo. Non riesce a smettere di tremare.

La ragazza ha detto di chiamarsi Celia, ha ventidue anni, è di Cuautepec; sta andando in Florida a raccogliere arance. Lagrima le dice di togliersi la felpa: il nero attira il calore. Lei fa come non avesse parlato. Tira giú il cappuccio, almeno, dice. Ma quando allunga un braccio per levarglielo, lei si ritrae terrorizzata. È la tana dell'animale, quello: sbuca la punta del naso, gli occhi come due bottoni. Non ha neppure un cappello, Celia: pensava che il cappuccio sarebbe bastato. Ti si cuocerà il cervello, dice Lagrima.

Tornano dove hanno lasciato lo zaino. Andrea fa per indossarlo, ma Lagrima lo ferma. Fa troppo caldo, prendi solo la meridiana.

...

Per favore, dice Lagrima, con una voce farinosa che non è la sua.

Ricominciano a camminare, lenti e incerti, uno accanto all'altro. La ferita non sanguina piú, ma Lagrima ha la sensazione di avere un tamburo al posto della coscia e che qualcuno lo colpisca con violenza. La ferita non sanguina piú perché di sangue, nel corpo di Lagrima, ne è rimasto troppo poco. Acqua. Serve acqua. Se non trovano in fretta dell'acqua verrà la febbre a paralizzarli, avranno voglia di vomitare e se lo faranno perderanno altri liquidi. Il cuore cercherà sangue e non trovandone abbastanza smetterà di funzionare. A Lagrima hanno raccontato di uno che ha trovato una carcassa di un'auto nel deserto, ha smontato il motore per bersi l'acqua del radiatore ed è morto dopo aver ingerito l'antigelo. Fa per raccontarlo agli altri ma le parole non escono dalla bocca – le parole s'impastano nella mente con il sole e la polvere. Avesse voglia di pisciare potrebbe raccogliere la propria urina. E berla. E invece.

Andrea vede la linea dell'orizzonte curvarsi in modo innaturale, ha le vertigini. Ho sparato a un uomo, pensa. Non morirà. Come lo sai? Lo so e basta. Si chiede come sia morire. Pensa all'arte, alla storia dell'arte, a cosa gli ha insegnato sulla morte; gli viene in mente l'assassinio di Marat di David, il corpo accasciato dentro la vasca da bagno; immagini sacre, ascensioni. Si ascende al cielo come in certi quadri? Una tarantola si ritira in un buco. Alcune piante hanno forme d'animali mostruosi. Il deserto è un bugiardo: le onde di calore sembrano acqua, le montagne lontane sembrano vicine, un crotalo somiglia a una corda di sabbia. John Wayne saprebbe estrarre l'acqua da un cactus, pensa, i saguaro sono composti di acqua al novanta per cento. Si guarda attorno, Andrea, cercando di non inciampare, e ha l'impressione che i saguaro lo stiano prendendo in giro, le facce scolpite dal becco dei picchi, inchinandosi o levandosi il cappello o sbracciandosi per salutarlo – vieni qui a lacerarti la faccia, sembra dicano, vieni.

Celia cammina a occhi chiusi. Di tanto in tanto s'attacca alla mano di Andrea. A un certo punto Andrea infila la mano in tasca, ne estrae il santino di Toribio Romo e glielo dà. Celia lo prende e lo appoggia alla guancia. Per un po' cammina cosí, ed è ancora con il santino contro la guancia quando Lagrima si ferma e Andrea si ferma e lei sbatte contro la sua schiena e schiudendo le palpebre intravede qualcosa di bianco venire loro incontro, qualcosa come uno sbuffo di vapore che poi diventa materico e assume le sembianze di lenzuola scosse dal vento, finché dentro quella stoffa bianca riconosce un corpo: una faccia, le mani, un cappello bianco anch'esso; sulla schiena cumuli di qualcosa che non comprende e che riluce. Sono tanichette di plastica.

Sono vuote queste, dice l'uomo quando li raggiunge, le sto raccogliendo. Qui vicino ne ho delle altre piene. Ho delle bottiglie piene, dice.

Hai dell'acqua?

Diverse bottiglie.

Dove?

Vicino. Seguitemi.

Lo seguono e raggiungono una sterrata, un pick-up e sul cassone del pick-up ci sono una decina di galloni d'acqua; l'uomo le distribuisce.

Posso rovesciarne anche un po' sulla testa? chiede Andrea, la voce di un bambino.

Ne ho quanta ne vuoi.

Andrea solleva la bottiglia, percepisce la consistenza di ogni singola goccia, ogni goccia è l'onda di un oceano, e in quel momento, su quella sterrata, di fronte a quel pick-up, irrorati dal sorriso largo d'uno sconosciuto, ogni molecola d'acqua torna a essere quel luogo leggendario e sacro dove la vita ha avuto inizio.

Non posso accompagnarvi, mi spiace. Se la polizia mi ferma sono casini. Se vi trovano sull'auto possono accusarmi di favoreggiamento dell'immigrazione. Ciò che posso fare è darvi acqua e cibo. Prendete tutta l'acqua che volete e camminate in quella direzione, vedete? Seguite la pista e tra mezz'ora troverete l'accampamento di No More Deaths. È gente fidata. Seguite la strada. Da quella parte.

Possiamo riposare?

Riposare?

In macchina, dice Lagrima. Con l'aria condizionata.

Dieci minuti.

Dieci minuti basteranno.

Entrano tutti tranne Andrea che si siede all'ombra del pick-up, schiena contro la ruota.

Sei indiano? chiede Lagrima.

Tohono O'odham.

Lo sapevo.

Non certo perché vi sto aiutando, immagino.

Perché? I Tohono O'odham non aiutano la gente che si perde nel deserto?

Questo è il loro territorio, il territorio della mia gente. E voi lo state distruggendo.

Noi?

I migranti, con i rifiuti che si lasciano alle spalle. Il governo con il *border fence*. Molti Tohono O'odham sono furiosi con i migranti e con il governo perché distruggono la nostra terra.

Tu non lo sei?

Un uomo che muore è un uomo che muore.

Non tutti gli uomini sono uguali.

Non tutti gli uomini si comportano allo stesso modo in vita, no, ma la morte... Getta un'occhiata alla gamba. Fatti vedere la ferita quando arrivi al campo. Non hanno un medico, ma Maryada saprà che fare. Cos'ha il tuo compagno? Non sembra messicano.

Non lo è.

Sta bene?

No.

Cos'ha?

Ha sparato a un uomo. L'ha fatto per salvare la ragazza.

C'è stato un incidente stanotte. Due ragazzini di Tucson. Pare che dei *mulos* li abbiano aggrediti. Ne sai qualcosa?

No.

Sicuro?

Ti sembriamo dei *mulos*?

Capisco. Forse è meglio che andiate, ora.

Lagrima apre la bottiglia e ingoia un sorso d'acqua. Da quella parte hai detto? Scrolla Celia che si è addormentata sul sedile posteriore cullata dall'aria condizionata. Andrea, di tanto in tanto, raccoglie manciate di terriccio da dare in pasto al vento.

Il campo dell'associazione No More Deaths è fatto di roulotte fisse e qualche tenda, una cucina da campo e galloni d'acqua: galloni e galloni di acqua portata da Tucson dai volontari che poi la distribuiscono nel deserto segnando con un pennarello su ogni tanichetta il giorno e il luogo in cui l'hanno lasciata in modo da cercare di tracciare, quando la ritroveranno, il percorso fatto da chi l'ha presa. Ci sono tavoli e panche, e un sentiero bordato di pietre: se lo si percorre si trova un bastone che messo di traverso sul sentiero significa «occupato» e poggiato a terra parallelo alle pietre significa «libero»: è l'ingresso del gabinetto. Il gabinetto è una tenda tirata tra due alberi dietro cui c'è una sedia bucata, sotto il buco un secchio. Al centro dell'accampamento c'è un altare dedicato alla Vergine di Guadalupe, oggetti raccolti nel deserto dai volontari: la scarpa di un bimbo, lettere, uno spazzolino, una collana, foto.

Quando Maryada si siede su uno sgabello per controllare la ferita di Lagrima quasi non riesce a credere che abbia camminato in quelle condizioni. Bisogna disinfettare e cucire, dice.

Fallo.

Non ho anestetico. Posso solo spruzzarti del ghiaccio secco e farti bere del rum.

Lui annuisce, s'allunga sulla branda, volta la testa verso la roulotte e fissa un adesivo giallo sbiadito dal sole con su scritto «mi casa tu casa». Maryada si allontana per recuperare il necessario. Se vuoi dell'acqua prendila, dice ad Andrea passandogli di fianco, se hai fame c'è della roba in quella roulotte, crackers e formaggio, della frutta anche. Dov'è la ragazza? Andrea indica una tenda. Tutto bene? Andrea sorride e fa sí con la testa. Si alza ed esce al sole, come non ne avesse avuto abbastanza. Guarda in direzione della luce e si ripara gli occhi con la mano. Ha la testa leggera. Trae un respiro profondo e resta lí qualche minuto in attesa di qualcosa che non sa, qualcosa che arrivi dalla luce e dalla terra.

Celia si affaccia dalla tenda, gli occhi sono due prugne opalescenti.

Ti senti meglio?

Celia annuisce.

Vuoi qualcosa? Mi hanno detto che c'è del cibo.

Come andremo via da qui?

Non ne ho idea.

Dalla tenda bianca al centro dell'accampamento arrivano mugugni di dolore. Celia si volta per individuare il pericolo.

È Lagrima. Stanno medicando la ferita.

Non volevi sparare, vero?

Andrea fa dondolare una lampada appesa al palo di colmo.

È colpa mia.

Tua?

Sí.

E quale sarebbe questa colpa? Non hai nessuna colpa, tu.

Lo pensi davvero?

Non sono azioni, le nostre, dice Andrea. Sono reazioni.

Celia si morde un labbro.

Se il mondo fosse diverso reagiremmo in modo diverso.

Verso sera arriva un gruppo di volontari; finito il giro dell'acqua cenano tutti insieme. Accendono un fuoco, fanno abbrustolire bistecche e salsicce. I volontari spiegano ai nuovi ospiti come sistemarsi per la notte, per evitare i serpenti e le tarantole. Il cielo a ovest si veste di rosa-giallo come una ragazzina impertinente. Prima di andare a dormire Andrea si sofferma sulla porta della roulotte. Un coyote con un occhio solo si avvicina al campo, attratto dall'odore della carne; ci vagola attorno, muso a terra, poi si ferma in ascolto. Decide di non entrare, di non rischiare. Risale una collina che è poco piú di un'escrescenza e prima di dileguarsi si volta: per alcuni secondi lui e Andrea si guardano, ignari, senza vedersi.

Al mattino trovano dei vestiti usati su uno sgabello. Si lavano e si vestono. Mentre bevono il caffè preparato da Maryada li raggiunge una volontaria, si chiama Catherine ma tutti la chiamano Cat: occhi grigi e capelli castani raccolti in una treccia che pende a metà schiena.

Ecco la nostra Cat, dice Maryada. Andrea, Cat è di New York.

Andrea alza la testa dalla tazza. Puoi accompagnarmi a New York?

Cat prende un biscotto di segale. Potessi lo farei con piacere.

Frena, dice Maryada. Cat *è* di New York, ma vive a Tucson. Quello che può fare è darti un passaggio fino a Tucson. Non hai soldi e da qui a New York in Greyhound saranno circa trecento dollari, e c'è il rischio che ti chiedano i documenti. Quindi è meglio che cerchi di volta in volta dei passaggi. È pieno di giovani che dall'Europa vengono qua per attraversare l'America. Le stazioni di servizio sono i posti migliori. Puoi guardare in faccia le persone e origliare i discorsi. Cat può portarti a Tucson anche subito. Quindi, finisci il caffè e vattene, intesi? Maryada strizza l'occhio e offre la tazza al cielo.

E loro? chiede Andrea indicando Lagrima e Celia.

Per loro è diverso.

In che senso?

Se ci trovano con un migrante in auto ci sbattono in prigione. E per migranti intendo messicani, guatemaltechi, eccetera. Tu sei un Otm.

Otm?

Other than mexican. Un europeo.

E quindi?

Quindi cosa?

Loro?

Loro se ne andranno camminando.

Ma Lagrima non può camminare a lungo con quella ferita e...

Lagrima starà qui finché non potrà camminare *abbastanza* a lungo.

Ma...

Ehi! dice Lagrima allargando le braccia. Cos'è 'sto parlare di me come se non fossi qui? Grazie per l'interessamento, ma ora le nostre strade si separano, amico. Hai il tuo passaggio, tu. Prendilo e non rompere il cazzo.

Quando tutto è pronto, caricato il bagagliaio dell'auto di Cat con tutte le tanichette vuote che può contenere e il sedile posteriore con sacchetti di rifiuti da gettare in città, Andrea cerca Lagrima per salutarlo e lo trova immobile, a braccia conserte, un rotolo di carta igienica in mano, davanti al bastone sistemato di traverso sul sentiero.

Andrea vorrebbe chiedere cosa succederà. Se gli uomini di don Reymundo chiederanno conto della marijuana persa; se capiterà qualcosa ad Antonio. Ma quando fa per parlare Lagrima intuisce e lo ferma, dice di stare tranquillo, che ci penserà lui. Andrea vorrebbe chiedergli cosa vuol dire che ci penserà lui, ma Lagrima lo guarda in un modo che le parole gli evaporano tra i denti. Da dietro la tenda, aggiustandosi i pantaloni, spunta uno dei volontari.

Ora, se non ti spiace, fa Lagrima, devo andare a cagare.

8.

All'uscita della statale un uomo alto con un cappello da ranchero e un involto sotto il braccio si volta di scatto sentendo arrivare la macchina; sorride in modo goffo e gesticola con la mano. Quando arrivano alla sua altezza l'uomo si sporge, china la testa e fa di nuovo quel gesto convulso dilatando le labbra; poi, quando si rende conto che la macchina non ha intenzione di fermarsi, esplode in una danza sconnessa che Andrea osserva nello specchietto retrovisore.

Si fermano a fare rifornimento presso una stazione di servizio, lungo una strada a piú corsie congestionata di camion e assediata da piccoli motel. A est si stanno accumulando nuvole lugubri, gonfie di pioggia. Cat guida sicura tra le strade dei quartieri periferici di Tucson fin quando raggiunge un basso fabbricato di mattoni; parcheggia davanti a un cespuglio di rose. Dice che è il magazzino di un suo amico, di aspettarla in macchina: un cartello all'esterno dice «Glidden's Twisted Oval». Dieci minuti dopo s'affaccia alla porta e fa segno ad Andrea di raggiungerla.

Michael, lui è Andrea. Andrea, Michael. I due si stringono la mano. Michael ha una consegna da fare a Oklahoma City. Non è New York, ma è un bel pezzo di strada in quella direzione.

Per essere esatti, dice Michael grattandosi la barba, con

una voce che sembra estratta da una miniera, quasi mille miglia in quella direzione.

Fantastico, risponde Andrea.

Si salutano davanti al cespuglio di rose. Maryada ha detto di darti questi, dice Cat mettendogli in tasca cinque biglietti da dieci dollari. Non è granché, ma… Dal bagagliaio estrae una felpa pesante. Stai andando a nord, non puoi andarci in camicia. Segna il proprio numero di cellulare su un foglietto e glielo dà. Non ne avrai bisogno, ma meglio averlo che non averlo. Lo bacia sulla fronte e salta in macchina.

Andrea aspetta che l'auto svolti dietro la curva, un ultimo saluto con la mano. Pensa che al mondo c'è davvero della gente meravigliosa. Rientra nel magazzino. Michael ha detto che non partiranno prima di cinque o sei ore, e che può gironzolare dove vuole e se qualcuno gli chiede qualcosa, deve solo dire che è con lui. La ditta per cui lavora Michael commercia in filo spinato: centinaia di matasse sono impilate in attesa di essere caricate sui rimorchi. In un ufficio dalle pareti in vetro-cemento trova una poltrona e un tavolino coperto di libri e riviste. La poltrona è sfondata. Dal mucchio prende un romanzo dalla copertina logora e dalle pagine incartapecorite che s'intitola *Blue Highways,* un viaggio lungo le strade secondarie nordamericane, e si lascia trasportare fino a quando Michael non lo chiama.

L'autoarticolato è composto da un semirimorchio e un rimorchio; la motrice è enorme, contiene persino una cuccetta. Il tetto è ornato di luci di ingombro che irradiano nell'abitacolo fosforescenze natalizie. La strada è un nastro di cemento che attraversa panorami solitari, rotti da nubi di polvere sollevate da turbini ascensionali che roteano come spiriti.

Nei vortici del deserto c'è chi vede Dio e chi il demonio, dice Michael strisciando lo sguardo su quel nulla. Parla molto, di sé e dell'Arizona. Andrea ascolta, ma il rollio del motore lo avvolge in una coperta tiepida e subito s'addormenta, cullato dalle ballate di Hank Williams.

Poco prima dell'alba comincia a piovere. Oklahoma City sorge come un livido, tra la nebbia dentro cui riverberano le luci elettriche dei palazzi. I fari delle macchine si riflettono sull'asfalto lucido. Michael supera lo svincolo che lo avrebbe portato a destinazione, prosegue per alcune miglia, i tergicristalli enormi a spazzolare via l'acqua dal parabrezza, finché entra nel parcheggio di una stazione di servizio. Ci siamo, dice. Qui non dovrebbe essere difficile trovare un passaggio nella tua direzione. Strofina le mani sulle cosce.

Entri a bere un caffè? dice Andrea.

Preferisco andare, dice timido, ti ringrazio.

Tu mi ringrazi? Io cosa dovrei dire?

Nulla. Chissà, magari ci si rincontra. A volte capita.

A volte capita.

Non perderti, mi raccomando.

Già fatto, dice Andrea.

Si stringono la mano. Quando apre la portiera l'aria umida invade l'abitacolo e Andrea scende facendo attenzione a non scivolare sul predellino; si copre la testa con le mani, allargando le dita, e corre a rifugiarsi dentro la stazione. Attraverso le vetrate e oltre le insegne al neon vede l'autoarticolato sbuffare e immettersi nel traffico della statale con la rassegnazione d'un vecchio elefante. Ordina un caffè e delle uova con il bacon. Si guarda attorno, studia le espressioni della gente: a chi potrebbe chiedere un passaggio? Prova con un vecchio dall'aria sorniona e gli occhi acquosi che risponde che con lui, purtroppo, farebbe solo qualche miglio, e subito dopo con una donna che entra gocciolando sulla segatura sparsa sul pavimento e che mentre se ne sta lí, come stesa ad asciugare, le braccia larghe, dice che sta andando a Memphis dalla sorella e che ha sbagliato a uscire, che avrebbe dovuto prendere la Interstate 40 e che quindi lo può accompagnare fino a Tulsa, se proprio vuole, ma che non sa se gli conviene – ed elenca alcuni motivi, tra cui la qualità del cibo di Tulsa – e che poi da Tulsa lei andrà a sud, e a dirla tutta non ha mai preso su un autostoppista in vita sua, ci sarà da fidarsi? Chiede a due ragazzi che stanno andando a Washington e volentieri gli avrebbero dato uno strappo, ma non hanno spazio: si trasferiscono all'università e hanno la macchina piena di scatole.

Ha freddo. Infila la felpa che gli ha regalato Cat.

Sono quasi le nove, e non accenna a smettere di piovere, quando nella stazione entra una donna dai capelli cenere e un sorriso magro; ordina un succo di mirtilli e un bagel integrale. Indica lo sgabello accanto ad Andrea. Ti spiace se mi metto qui?

È libero.

Stropiccia il viso in una smorfia. Ho la schiena a pezzi, dice.

Guida da molto?

Dipende.

Da cosa?

Se lo chiedi al tachimetro, ti dirà che guido da meno di duecento miglia. Ma se lo chiedi alla mia spina dorsale, be', figlio mio, sarai costretto ad ascoltare storie di esodi e glaciazioni. Scoppia a ridere, una risata torrenziale che si trasforma in grassi e possenti Jodel e poi in una contrazione dolorosa; porta le mani alle reni. Il problema è che non sono neppure a un – che so – un sesto, un settimo del viaggio.

Dov'è diretta?

Chicago.

Io New York.

Ride. Be', è lunga anche per te.

Piú di quanto crede, temo.

In che senso?

Non ho un mezzo mio e sto chiedendo dei passaggi. Credo mi ci vorrà un bel po'.

Abiti a New York?

Ci abitano delle persone per me importanti. Le sto raggiungendo.

Capisco.

Già.

Indianapolis ti andrebbe bene? chiede la donna.

...

Posso portarti fino a Indianapolis. È sulla strada.

Davvero?

Se non fosse cosí non lo avrei detto, dice lei. Però guidi tu.

Io?

Cosí posso abbassare lo schienale e stendermi. Non intendo dormire, solo far riposare la schiena. Hai la patente?

No. Cioè, sí. So guidare. Ma non ho con me la patente.

Pazienza. Basta che vai piano. Strizza gli occhi e le labbra in un modo che Andrea trova buffo. Andrai piano?

Pianissimo.

No, non troppo piano. Entro il limite. Se rispettiamo i limiti non ci ferma nessuno.

Si sente il campanello della porta che suona ed entra una comitiva di ragazzini, parlano tutti come se urlare fosse l'unico modo di farsi sentire. Andrea si assesta sullo sgabello, accavalla le gambe, ha un fastidioso prurito all'inguine. Lei quindi è di Chicago?

Sono di Miami. Ma insegno da vent'anni all'Università dell'Illinois.

Cosa insegna?

Cosa insegno? Vediamo, tutta roba che ha a che fare con la storia: storia degli Stati Uniti d'America, ad esempio, storia dei movimenti sindacali, cose cosí... Ma ora che ne dici se partiamo? Ci restano qualcosa come dieci ore di viaggio da bruciare in chiacchiere. Si alza, gira sui tacchi, poi si volta di nuovo verso Andrea: Oh, a proposito, mi chiamo Lora.

Durante il viaggio le nubi s'assottigliano e la luce del sole le divora, frattaglie lasciate lí perché tutti vedano, perché tutti sappiano. L'interstatale è un inferno di auto e grossi autotreni, ma attorno ci sono boschi, boschi e fabbriche, boschi e case, boschi e campi, campi con trattori e cavalli e bovini, e poi ancora alberi, milioni di alberi incendiati dall'autunno che, procedendo a nordovest, si fanno sempre piú rossi e gialli. Parlano del Rinascimento italiano e dell'arte concettuale di Sol LeWitt, di come si cucina il polipo e dell'etimologia della parola *boicottaggio* – deriva da Charles Boycott, amministratore terriero britannico che sottopagava i dipendenti al punto che un giorno questi si rifiutarono collettivamente di continuare a lavorare le terre da lui amministrate fino a quando i padroni non lo avessero licenziato: cosa che avvenne. Andrea non saprebbe dire come, ma a un certo punto arrivano a parlare di immigrazione clandestina e lei, Lora, gli chiede se conosce per caso Luis Alberto Urrea, un suo collega d'università che è stato candidato al Pulitzer per un libro che racconta la storia di un gruppo di sudamericani morti nel tentativo di attraversare il deserto di Sonora per entrare in America, e insiste nel dirgli che deve leggerlo, quel libro, che deve senza dubbio leggerlo, che lo troverà interessante.

Presso una stazione di servizio di Indianapolis, dove il proprietario, un uomo di almeno centotrenta chili con un disegno di Norman Rockwell tatuato sull'avambraccio, lava e asciuga il parabrezza dell'auto con una devozione che li lascia abbacinati, Lora e Andrea si salutano. È quasi mattina quando un signore distinto, camicia a quadretti e barba bianca, accetta di portarlo a Pittsburgh, Pennsylvania, dove, mangiando un hamburger, nota un uomo e una donna con una felpa dei New York Giants. Li ferma. Dicono che possono portarlo a East Rutherford, nel New Jersey. Da lí dovrà prendere il treno per la Penn Station. Andrea chiede quanto costa il biglietto. Rispondono dieci dollari, forse, o poco piú.

Gli occhi si illuminano. Dieci dollari li ho, dice.

E mentre un vento-fionda lancia le nuvole al di là dell'orizzonte, pensa a Lagrima e a Celia e si chiede se ce l'hanno fatta a lasciare il campo No More Deaths; pensa ad Agnese, per la prima volta dopo molto tempo, senza rancore o rammarico; pensa a Walter, lo immagina in piedi che sorride ai visitatori del Metropolitan; pensa a Elisabeth e sente l'intreccio elegante di una melodia: prima il violoncello, poi la viola, infine il violino, e quando smette di pensarci continua, per alcuni istanti, a sentire l'aria ondeggiare, come l'acqua della piscina dopo il tuffo d'un bimbo. Pensa a Vincenzo e sa che dovrà chiamarlo per chiedergli di ridargli il lavoro; pensa a Unique e a Rita, e le rivede in quell'alloggio popolare di Red Hook, la porta divelta, la polvere nell'aria, Unique stesa a terra, Rita che urla; pensa a Victor e pensando a Victor gli appare Cayetano, gli occhi appollaiati su piccole ghirbe orlate di sangue. Poi pensa a Maryada, a Cat, a Michael, a Lora. Siamo fatti dei residui delle persone che incontriamo, pensa. Solo all'uomo cui ha sparato decide di non pensare piú.

Ed è la I-70. È Somerset, Bedford, Hustontown. E poi la I-76. E poi la I-81. Il ponte sul fiume Susquehanna tra Marysville e Harrisburg, e boschi di querce a perdita d'occhio. E poi la I-78. Allentown e Bethlehem. Nell'autoradio la voce dei Grant Lee Buffalo e davanti le nuche di un uomo e di una donna che di tanto in tanto si guardano come per confermarsi a vicenda, per nutrirsi, la mano di lei che scivola tra fazzoletti e lattine nell'intercapedine tra i sedili per trovare quella di lui e giocare con il suo anello. Fanno domande sincere: curiose senza essere invadenti. Anche Andrea fa domande, ma le sue sono di cortesia; fosse per lui ci sarebbe spazio solo per la contemplazione: in silenzio li osserverebbe, evocherebbe la mano di Ary.

Improvvisamente ha paura. Come lo accoglierà? Non se l'è mai chiesto. Il terrore è una tensione improvvisa, un'irritazione della cute – si gratta la guancia, la fronte. Mi accoglierà, ne sono certo. E se non fosse cosí? Se ci fosse già qualcun altro? Ma no, sono passati solo cinque mesi. Cinque mesi è il tempo di una vita, a volte. Ary non... Ary non la conosci cosí a fondo, pensa, ammettilo. Sei stato un anno, anzi, meno, meno di un anno a casa sua, e pretendi di capire e sapere, di prevedere? Con Agnese ti sei reso ridicolo ed era tua moglie. Ma sono qui e se sono qui, ora, è perché questo è il mio destino, pensa; avrà pure un senso tutto quello che ho passato, no? Sí, certo che ce l'ha. E allora? E allora non vuol dire che sia quello che tu hai deciso che sia.

Un trenino lo porta dallo stadio dei Giants di East Rutherford a Secaucus Junction, dove prende il treno per New York. È la sera del 31 ottobre: è Halloween. Mentre si muove, stanco e scosso da brividi di paura, tra i cunicoli della Penn Station in direzione della linea 2 della metropolitana, incrocia gruppi di adolescenti travestiti: paillette e denti macchiati di sangue, cappelli da strega e orecchini a forma di bara, giacche nere e camicie viola.

Sul vagone della metro si siede accanto a una ragazza che tiene in grembo una borsa a forma di zucca fatta con un pallone da basket e scrive con foga sul cellulare. Ha freddo ai piedi e al naso, sente le orecchie scottare.

Il treno lo lascia lontano da casa Patterson, ha un bel pezzo da fare a piedi. I negozi di Carroll Gardens sono decorati con candele e lampioni di cartone e ci sono ragnatele ovunque. In giro c'è poca gente, e diventa sempre meno a mano a mano che si avvicina a Red Hook. Finché a un certo punto si rende conto di essere rimasto solo. Non c'è piú nessuno. Non ci sono pedoni sui marciapiedi, non passano auto. Ci sono candele alle finestre e dentro i sorrisi sdentati delle zucche sistemate sui gradini davanti ai portoni. Nessun rumore. È come se Red Hook fosse stata evacuata in gran fretta; come se i suoi abitanti si fossero dissolti – uno sfrigolio nell'aria, uno sbuffo di epidermide.

Poi. Eccola. Casa Patterson. Come l'aveva lasciata. E come tutte le altre è vuota.

Bussa. Suona. La porta è chiusa a chiave. Scruta attraverso i vetri delle finestre: i piatti sporchi sul tavolo della cucina, una torta con un coltello piantato nel mezzo, le tracce di un diorama in costruzione.

Ma dove sono finiti tutti? si chiede. C'è nessuno? grida.

L'intero quartiere sembra una versione gigantesca, mostruosa dei modellini di Ary e per un attimo, per un solo istante, Andrea alza gli occhi al cielo aspettandosi di vedere calare la sua mano, le dita che lo stringono e lo sollevano, le immense pupille di Ary che lo scrutano, decidendo se ridipingerlo, se aggiungere un po' di blu ai pantaloni – forse sulle ginocchia, sí. E sta per mettersi a urlare, Andrea, per invocare, implorare la realtà, quando, ovattato e distante come la sirena di una nave, un suono di tamburi, prima, e poi di trombe, attraversa la nebbia di quella visione; e alle trombe si aggiungono le risate – le voci.

Esce dal cortile, in mezzo alla strada. Tra le case, da dietro un angolo, annunciato da un bagliore nucleare, vede svoltare un carro decorato con lucine bianche e rosse; ospita una decina di musicisti, tutti vestiti di verde e di nero, musiche sudamericane. Ed ecco che dietro al carro comincia ad apparire un magma di voci, corpi e colori: ci sono altri carri, c'è gente che li segue e bambini che raccolgono le caramelle che dai carri vengono lanciate. La musica si fa assordante a mano a mano che la parata s'avvicina e Andrea è costretto a spostarsi dal centro della carreggiata e a salire sul marciapiede. Si ritrova circondato da maschere: mostri, supereroi, extraterrestri, Abramo Lincoln e Dick Tracy, l'uomo di latta del *Mago di Oz* con Dorothy al suo fianco, i Beatles e un gruppo di mummie in decomposizione.

In fondo alla parata c'è un drappello di cartoni animati. Un uomo sovrappeso fasciato da una tuta gialla e infilato dentro una enorme lattina di cartone con su scritto *Duff Beer* distribuisce *D'oh!* a chiunque gli sbatta contro o anche solo gli rivolga la parola. Tre adolescenti vestiti da Tartarughe Ninja s'accapigliano con Beavis e Butt-Head. Ci sono i Flintstones e i Gargoyles. La principessa Mononoke e SpongeBob. Lo Spirito del Ravanello s'avvicina ad Andrea e lo prende per mano; con la testa fa segno di seguirlo, di unirsi al gruppo. Andrea respira a fatica. No, dice allo Spirito del Ravanello, no, per favore. E sorride stanco. Ringrazia ma no, deve stare lí, dice: Sto aspettando qualcuno, mi spiace, non posso.

Lo Spirito del Ravanello si allontana beccheggiando e dietro appare Bender, il robot di *Futurama*. Bender si blocca in mezzo alla carreggiata, lo sguardo inchiodato su Andrea, che apparecchia un sorriso paziente rivolto a chiunque sia nascosto dietro quella maschera di carta stagnola. Fry, maglietta bianca e giacca rossa, e Leela, un occhio solo e capelli viola, lo chiamano. Dicono a Bender d'affrettarsi, gli altri se ne stanno andando. Ma Bender non si muove.

Andrea riconosce le voci nel momento in cui loro due, Fry e Leela, seguendo lo sguardo di Bender nell'aria della notte come se gli occhi irradiassero scintillanti raggi luminosi, arrivano a lui. Esplodono in grida di gioia. Corrono. Gli saltano addosso. Andrea tenta di reggersi a un palo, ma non riesce e crolla a terra – mentre con movimenti chirurgici Bender si toglie il casco e il volto di Ary appare. Ogni cosa rallenta – e poi si ferma.

In quell'istante Andrea capisce che tutto andrà bene. Non sarà facile, ma andrà bene. In quel momento di fede assoluta, promette a sé stesso che farà di tutto per quelle tre vite: si lascerà accogliere e le accoglierà, si farà guidare e le sorreggerà.

Poi, dal lato destro dell'isolato, attraverso un cortile cosparso di statue ornamentali di marmo e granito, vede apparire Batman inseguito da Joker. Batman li supera senza degnarli di uno sguardo, Joker invece si ferma, tira fuori la lingua come per inumidirsi le labbra, il sorriso slabbrato. Ma cos'abbiamo qui? dice. S'avvicina ad Ary, le gira attorno. Bender, eh? Abbiamo Bender. Ecco, dice, ed estrae dalla tasca un lecca-lecca, questo è per la nostra amica robottina. E da questa parte? Si avvicina con passi dinoccolati a Benjamin e Allison seduti per terra accanto ad Andrea. Li studia con gli occhi iniettati di sangue, le guance sbavate di cerone. Fry e Leela, scommetto, uhm, sí sí. Ecco. Tra le mani appaiono altri due lecca-lecca. Questi sono per voi. Ma ricordatevi che mi dovete un favore, ci siamo capiti? Si alza, barcolla, raschia lo sguardo alcolico lungo il marciapiede, lo posa di nuovo su di loro; a quel punto vede Andrea. E tu? dice squadrandolo stupefatto.

Io?

Sí, tu.

Cosa?

Tu, fa Joker. Chi sei, tu?

I versi a p. 3 sono tratti dalla canzone *Summertime*, musica di George Gershwin, testo di DuBose Heyward e Ira Gershwin.

Ringraziamenti.

Grazie a Stefano Milano, qualsiasi cosa vogliate sapere su Sásabe e dintorni, potete chiederla a lui.

Questo libro è stampato su carta certificata FSC®
e con fibre provenienti da altre fonti controllate.

MISTO
Carta da fonti gestite
in maniera responsabile
FSC® C115118

Stampato per conto della Casa editrice Einaudi
presso ELCOGRAF S.p.A. - Stabilimento di Cles (Tn)

C.L. 21774

Edizione							Anno			
2	3	4	5	6	7	8	2014	2015	2016	2017